Le destin de son cœur

NINA SINGH

Le destin de son cœur

Traduction française de
CAROLE PAUWELS

Harmony

HARLEQUIN

Titre original :
SWEPT AWAY BY THE VENETIAN MILLIONAIRE

HARPERCOLLINS FRANCE
83-85, boulevard Vincent-Auriol, 75646 PARIS CEDEX 13
Service Lectrices — Tél. : 01 45 82 47 47

www.harlequin.fr

ISBN 978-2-2804-4163-6

1

Si seulement elle n'avait pas attendu la dernière minute pour faire ses bagages !

Encore que cette corvée lui permettait de ne pas penser aux événements catastrophiques des deux derniers jours, où elle était passée du statut de radieuse fiancée à l'avenir tout tracé à celui de femme trompée.

Écœurée, Maya Talbot balança à travers la pièce la sandale qu'elle s'apprêtait à empaqueter. Celle-ci heurta le mur avec un bruit passablement déplaisant et laissa une trace sombre sur la peinture beige.

Quoi qu'il en soit, la question des bagages n'était pas celle qui la préoccupait le plus pour le moment. Elle devait faire face à un problème beaucoup plus tragique : celui de se retrouver soudain célibataire, terriblement déçue et le cœur brisé.

Et tout cela au moment précis où elle s'apprêtait à embarquer pour un voyage inoubliable – du genre qu'on ne faisait qu'une fois dans sa vie –, qu'elle devait à la générosité de sa grand-mère, si travailleuse et si économe.

Comment imaginer accomplir seule ce voyage prévu pour deux ?

C'était plus qu'elle ne pouvait en supporter.

Maya se laissa tomber sur le lit et enfouit le visage dans ses mains.

Comment Matt avait-il pu lui faire ça ?

Mais peut-être serait-il plus pertinent de se demander depuis combien de temps il lui mentait…

Avec combien de femmes exactement l'avait-il trompée ?

Une agaçante petite voix au fond de sa tête lui suggéra qu'elle le savait depuis longtemps.

Elle devait admettre qu'elle avait toujours soupçonné que quelque chose ne tournait pas rond dans sa relation avec Matt. Ainsi, il y avait eu ces angoisses inexplicables ressenties quand ils avaient commencé à évoquer les préparatifs du mariage, et aussi le manque d'intérêt qu'il manifestait chaque fois qu'elle lui demandait de faire le point sur tel ou tel détail.

Elle avait mis cela sur le compte de la nervosité prénuptiale en ce qui la concernait, et d'une indifférence typiquement masculine pour ce qui était de Matt.

À l'évidence, elle aurait dû écouter davantage son intuition.

Ce voyage à travers l'Europe, elle en rêvait depuis qu'elle avait entamé ses études d'histoire de l'art à l'université. Ah, découvrir les trésors architecturaux des villes les plus romantiques du monde, s'émerveiller devant les tableaux les plus connus…

Elle commencerait par Venise, avant de visiter Florence et Rome. Puis viendraient Paris et Londres.

Maya en avait parlé si souvent avec sa grand-mère…

Miraculeusement, Fran avait gagné le premier prix d'une tombola caritative organisée à Martha's

Vineyard, où elle vivait. Elle avait alors puisé dans ses maigres économies pour rassembler la somme nécessaire au voyage, en guise de cadeau de mariage.

Un mariage qui, finalement, n'aurait pas lieu…

Maya prit une profonde inspiration.

Elle ne pouvait pas faire ça. Elle ne pouvait pas s'accrocher à ce voyage. Il fallait qu'elle ait perdu la tête pour croire qu'elle en était capable.

Sans compter qu'elle ne voyait personne à qui elle pourrait demander de l'accompagner.

Le fait de travailler dans l'entreprise de plomberie de son oncle la confrontait à une absence totale de collègues féminines. Quant à ses amies, elles avaient quitté la région de Boston l'une après l'autre au fil des années. Et ses cousines étaient bien occupées, elles aussi : Lexie venait d'avoir un bébé et Zelda était immergée dans un projet professionnel de grande envergure.

Contrairement à elle, tous ceux qui l'entouraient semblaient mener des vies passionnantes et épanouissantes.

C'était réglé. Elle avait pris sa décision.

Jamais elle ne supporterait de visiter en célibataire des lieux aussi merveilleusement romantiques.

D'ailleurs, si elle n'avait pas annulé le voyage jusqu'à présent, c'était juste par égard pour sa grand-mère.

C'était déjà bien assez rageant que la part de Matt soit perdue. D'accord, ils auraient partagé les chambres d'hôtel, mais certains repas, les entrées dans les musées et les trajets avaient été payés par avance.

Plus elle y pensait, moins l'idée de partir seule lui

semblait réalisable. Elle n'en aurait tout simplement pas la force.

Crapahuter en solitaire à travers l'Europe, soudain redevenue célibataire et avec le cœur en mille morceaux ? Non merci ! Elle préférait rester ici et tenter de reprendre sa vie en main.

Ce qui voulait dire qu'elle allait devoir apprendre la mauvaise nouvelle à oncle Rex, à tante Talley et à ses cousines…

Ce serait particulièrement délicat avec oncle Rex, qui adorait Matt et en serait anéanti. D'autant que Matt était le fils de son associé.

Elle allait devoir faire de la peine à toute sa famille !

Il faudrait avant tout mettre grand-mère au courant et lui expliquer pourquoi elle allait gâcher un cadeau aussi généreux.

Fran comprendrait forcément…

Les doigts tremblants, Maya attrapa son téléphone sur la table de chevet et rassembla tout son courage pour passer cet appel qu'elle n'oublierait jamais.

Sa grand-mère décrocha à la première sonnerie.

— Maya chérie, j'espérais t'entendre avant ton départ. Comme c'est gentil de prendre le temps de m'appeler !

C'était tout à fait Fran, ça ! Le genre de personne à remercier pour un simple coup de téléphone, au sujet d'un voyage qu'elle avait elle-même financé.

Maya réprima les sanglots qui montaient et se lança.

— Coucou, ça va ? dit-elle. J'espère que je ne t'ai pas réveillée.

— Pas du tout ! Je suis beaucoup trop énervée pour dormir.

Le rire de Fran résonna à son oreille.

— Je sais que c'est ridicule, mais je suis aussi excitée que si je partais moi-même. Si seulement tu pouvais me glisser dans tes bagages…

Maya aurait bien voulu que ce soit possible. Que sa grand-mère l'accompagne en Europe serait la solution idéale à cet énorme et douloureux chaos. Mais les problèmes de santé de Fran lui interdisaient de voyager.

— Il ne me restera plus qu'à vivre par procuration, à travers ma petite-fille préférée.

Cette remarque serra le cœur de Maya.

Cependant, elle n'avait aucune raison de se sentir coupable. Après tout, ce n'était pas elle qui avait causé la rupture. En y réfléchissant bien, quel autre choix avait-elle eu ? Comment aurait-elle pu continuer avec un homme qui l'avait trahie aussi cruellement ?

— Fran, j'ai quelque chose à te dire, commença-t-elle d'une voix tremblante.

— Oh ! tu m'as l'air bien sérieuse, ma chérie. J'espère que tu n'as pas l'intention de me remercier une fois de plus. Tu l'as déjà bien assez fait !

Chaque mot qu'elle prononçait ne faisait que compliquer la tâche de Maya. Elle regretta de ne pas s'être mieux préparée à cette conversation.

Fran ne lui laissa pas le temps de répondre.

— Je suis si heureuse de pouvoir faire ça pour toi, tu sais ! Tu peux croire que c'est une plaisanterie, mais tu es vraiment ma préférée.

Malgré son anxiété, Maya ne put réprimer un sourire.

Depuis qu'elle avait perdu ses parents, sa grand-mère avait rempli à elle seule l'immense vide laissé dans sa vie. Bien sûr, elle avait pu compter aussi sur son oncle, sa tante et ses cousines, mais le lien qui existait entre Fran et elle était bien plus profond. Bien qu'elle soit elle aussi dévastée par cette perte tragique, sa grand-mère avait su la réconforter et l'aider à surmonter le deuil.

Elle n'en éprouvait donc que plus de culpabilité à l'idée de lui faire de la peine.

— Merci, Fran. Je voulais seulement…

Elle hésita un instant et sa grand-mère s'engouffra dans ce silence.

— J'espère que tu as pensé à prendre ta robe rouge, celle avec les petites bretelles ! Elle te va si bien, ma chérie !

C'était encore plus difficile que prévu… Fran avait même réfléchi aux tenues qu'elle devait emporter. Elle vivait véritablement ce voyage à travers elle.

— Et elle ira bien avec les sandales que tu portais la dernière fois que tu m'as rendu visite. Oh ! tout cela est tellement enthousiasmant…

Confrontée à la réalité, Maya se mordit la lèvre.

Aurait-elle le courage de décevoir sa grand-mère ? Après tout ce que Fran avait enduré dans sa vie, elle ne put tout simplement pas se résoudre à prononcer les mots qu'il aurait fallu dire.

D'une façon ou d'une autre, elle allait devoir se forcer à faire ce voyage. Pour le bien de sa grand-mère, si ce n'était pour le sien.

Et qui sait ce qu'il en résulterait ? Matt ne lui avait-il pas toujours reproché d'être trop prudente ? De toujours choisir la facilité ? Encore qu'elle se souciât assez peu maintenant de ce qu'il pensait…

Mais peut-être avait-il raison sur ce point-là. Peut-être devrait-elle saisir cette opportunité pour changer, pour faire preuve d'un peu plus d'audace.

En trente-deux ans d'existence, Vittorio Rameri n'avait jamais vu personne tomber d'une gondole. Ça s'était peut-être déjà produit, mais pas devant lui.

Mais il fallait un début à tout… et la jeune femme qu'il observait depuis la terrasse de son café préféré au bord de la lagune était manifestement à deux doigts de perdre l'équilibre.

Il ne faisait aucun doute qu'elle était américaine. Tout dans sa tenue – sac à main minuscule, chemisier rouge vif, corsaire blanc ajusté, sandales à hauts talons – évoquait l'habitante d'une grande ville comme New York ou Los Angeles.

Il songea à se lever pour aller l'aider, mais il se trouvait trop loin pour arriver à temps.

Les faits lui donnèrent raison : ça ne prit que quelques secondes. Le gondolier tendit les bras vers elle, mais ne fut pas assez rapide pour lui attraper la main. Avec un cri de surprise et de terreur mêlées, elle bascula par-dessus bord et se retrouva dans l'eau.

Vittorio cilla, aveuglé par le lumineux soleil vénitien.

Elle devait être ivre, même si l'après-midi n'était pas encore très avancé. Il avait vu son lot de touristes éméchés, mais de là à tomber d'une gondole, jamais !

L'incident avait attiré une foule de badauds, mais personne ne semblait décidé à l'aider à remonter. Les efforts du gondolier n'étaient pas très concluants non plus.

Et moi qui espérais passer un après-midi tranquille !

Sans savoir ce qui le poussait à abandonner son

expresso et le journal qu'il n'avait pas encore eu le temps de lire, il se leva d'un bond pour aller secourir la jeune femme.

Peut-être était-ce à cause de cet air de profond désespoir qu'elle avait avant de basculer, de son expression qui disait clairement qu'elle avait déjà eu son lot d'épreuves et que cette chute était la goutte d'eau qui faisait déborder le vase…

Joignant leurs efforts, Vito et le gondolier tirèrent la jeune femme de l'eau. À peine le pied posé sur l'appontement, elle se mit à vociférer en anglais. Vito ne perdit pas un mot des jurons qu'elle prononçait, et qu'il comprenait parfaitement.

— Vous êtes-vous blessée, mademoiselle ? demanda-t-il dans un anglais impeccable quand elle s'interrompit pour reprendre son souffle.

Il l'observa avec plus d'attention et ressentit soudain un choc étrange au creux de la poitrine.

Elle avait des yeux de la couleur du ciel vénitien au coucher du soleil. Ses longs cheveux noirs, gorgés d'eau, collaient à son crâne, et son maquillage n'était visiblement pas waterproof.

Et pourtant, elle restait ravissante…

Le gondolier se tenait à côté d'eux, pâle et silencieux, et Vito ne parvenait pas à décider qui, de lui ou de l'Américaine, semblait le plus choqué.

Il avait toutes les peines du monde à se retenir de rire.

Se moquer aurait été très grossier de sa part, il en avait conscience. L'état de cette malheureuse ne prêtait pas à rire. En plus, elle s'était peut-être fait mal.

Et elle n'avait toujours pas répondu à sa question.

— Merci pour votre aide, qui que vous soyez, dit-elle enfin.

Puis elle se tourna vers le gondolier et déclara d'un ton étonnement ferme et sérieux :

— J'ai changé d'avis, je ne vais pas faire cette promenade en gondole.

Cette fois, Vito ne put retenir un gloussement.

L'Américaine pivota si vite sur ses talons qu'elle faillit trébucher à nouveau.

Ses yeux ambrés étincelaient de fureur.

Une fureur dirigée contre lui.

— Je suis désolé, mademoiselle. Je n'avais pas l'intention de me moquer de vous.

Comme si elle n'avait pas entendu ses excuses, elle continua à le fixer d'un regard noir.

Estimant probablement qu'il en avait assez entendu, le gondolier sauta dans son embarcation et commença à s'éloigner à la rame.

Et ce fut ainsi que Vito se retrouva en tête à tête avec une Américaine à la langue bien pendue, et très attirante dans ses vêtements trempés qui lui collaient à la peau…

Il se morigéna en son for intérieur. D'où avait bien pu lui venir cette pensée ?

— Vous n'avez pas répondu à ma question, lui rappela-t-il.

— Quelle question ?

— Est-ce que vous allez bien ? Vous ne vous êtes pas blessée, au moins ?

Elle se passa une main sur le visage et Vito vit la colère faire place à la résignation.

Étrangement, il éprouva de la tristesse pour elle.

Mais c'était ridicule, qu'est-ce que cela pouvait bien lui faire ? C'était la première fois qu'il voyait cette femme.

— Non, je vais bien, affirma-t-elle.

Elle se tourna alors vers la foule autour d'eux, qui avait commencé à se disperser.

— Je suis juste terriblement embarrassée.

Il balaya ces mots d'un geste nonchalant.

— N'y pensez plus ! Des touristes qui tombent des gondoles, ça arrive sans arrêt.

Elle le dévisagea un instant, puis le parcourut tout entier du regard.

Ses yeux étaient vraiment extraordinaires. Une incroyable couleur ambrée qui ne s'accordait pas à sa peau mate et qui donnait à son visage une beauté étrange. Une beauté qui ne pouvait que réveiller la fibre artistique de Vito.

Il s'aperçut qu'il était incapable de détourner le regard de ces yeux.

— Pourquoi est-ce que je ne vous crois pas ? demanda-t-elle en esquissant un sourire.

— Peut-être parce que je viens de l'inventer.

Le sourire de l'Américaine s'élargit.

— Vous êtes un vrai gentleman, on dirait. Vous volez à mon secours, puis vous essayez de ménager ma fierté.

Elle baissa les yeux vers son chemisier trempé qui la moulait comme une seconde peau, soulignant des formes féminines appétissantes.

Appétissantes ? Mais que lui arrivait-il ? Depuis l'accident de Marina, trois ans plus tôt, il n'avait pas regardé une seule fois les courbes d'une femme.

Un étrange silence flotta entre eux, puis l'inconnue lui tendit soudain la main.

— Merci, *signor*... ?

— Rameri. Vittorio Rameri.

Il la serra en s'étonnant de sa chaleur, pour quelqu'un qui venait de barboter dans les eaux boueuses de la lagune.

— On m'appelle plutôt Vito.

— Enchanté, Vito. Moi, je m'appelle Maya Talbot et je viens du Massachusetts. Et j'aurais préféré que nous n'ayons jamais fait cette rencontre mortifiante...

Elle entreprit d'essorer le bas de son chemisier, tout en ajoutant :

— Mais ça n'a rien de personnel.

Vito songea que, pour sa part, il n'était pas mécontent de cette rencontre, même s'il ne parvenait pas à comprendre pourquoi.

Tout ce qu'il savait, c'est que c'était la première fois depuis longtemps qu'il avait envie de contempler un visage de femme. Il admirait la façon dont le soleil allumait des paillettes dorées dans ses yeux. La profonde teinte ébène de ses cheveux mouillés, qui encadraient son visage délicat, les faisait ressortir plus encore.

Il eut soudain envie de sculpter ce qu'il voyait. Et pourtant, au fond de son âme, il savait qu'il n'était pas encore prêt à manier de nouveau l'argile.

— Je crois que je ferais bien de retourner à mon hôtel pour me changer, dit-elle.

Si elle avait remarqué la façon dont il l'observait, elle eut la politesse de ne pas y faire allusion.

— Vous êtes seule ?

Les épaules de l'Américaine s'affaissèrent. La question avait paru ajouter encore à son désarroi. Vito en fut intrigué.

— Oui, malheureusement. Je suis venue toute seule dans l'une des villes les plus romantiques du monde. C'est un comble, non ?

Voilà qui était surprenant. Avec son charme, elle ne devait pourtant pas manquer de compagnie masculine.

— Ah oui… ?

— En fait, ça ne devait pas se passer comme ça. Je devais venir avec mon mari en voyage de noces.

— Ah…

Vito se demanda si ce n'était pas l'alcool qui la faisait parler aussi librement à un inconnu.

— Mais c'était un… Comment dites-vous, ici ? *Bastardo* ? Oui, c'est ça. J'ai appris ce mot de la femme de chambre qui m'a apporté une bouteille de *valpolicella* en cadeau de bienvenue.

Voilà, cela expliquait son état d'ébriété ! Maya Talbot était une épouse abandonnée. Ou une presque épouse, en l'occurrence.

Et elle avait résolu malgré tout de faire seule ce voyage prévu pour deux à l'origine. C'était courageux de sa part.

— Bon, eh bien… Je vais y aller, déclara-t-elle.

Sans lui laisser le temps d'esquisser un pas, Vito lui saisit le bras.

— Attendez un instant !

Il ne pouvait pas la laisser partir comme ça. Elle n'était pas en état de se déplacer seule dans une ville inconnue.

La surprise lui fit battre des cils.

— Oui ? Quoi ?

— Savez-vous vraiment où vous allez ?

Elle cilla à nouveau, regarda un point au loin sur sa gauche, puis se gratta le front en se tournant dans la direction opposée.

Il était évident qu'elle n'avait pas la moindre idée de l'endroit où elle était, et encore moins de sa destination.

— Oh ! je suis sûre que je vais finir par trouver…

Vito pesa le pour et le contre.

La laisser ainsi, livrée à elle-même, était hors de question compte tenu des circonstances. Selon toute vraisemblance, elle pouvait trébucher et se retrouver à nouveau dans l'eau.

Peut-être pouvait-il lui offrir un cappuccino ? Une dose de caféine ne lui ferait pas de mal. Mais elle était trempée jusqu'aux os et ne serait pas à l'aise dans cette tenue, assise sur une inconfortable chaise en métal. Sans compter qu'elle ne manquerait pas d'attirer l'attention.

Il pouvait aussi la faire monter dans un *vaporetto* et lui expliquer comment rejoindre son hôtel, mais il ne fallait pas négliger la possibilité qu'elle puisse avoir le mal de mer.

Se fondant sur sa propre expérience, il conclut que le mieux serait qu'elle s'allonge jusqu'à ce que les effets de l'alcool se dissipent.

— Je peux peut-être vous aider ?

Elle écarquilla ses yeux à l'étonnante couleur ambrée.

— Comment ?

— J'habite là, juste de l'autre côté de ce pont.

Il désigna du doigt la direction.

— Vous pouvez venir faire un brin de toilette chez moi et vous sécher les cheveux.

Les paupières de la jeune femme s'étrécirent et son expression se fit soupçonneuse.

— Vous croyez que je vais accompagner un inconnu à son domicile ? Non merci, il n'en est pas question !

Il aurait dû mieux s'expliquer. Malgré sa bonne connaissance de l'anglais, peut-être n'en maîtrisait-il pas toutes les subtilités, après tout.

Il secoua la tête.

— Excusez-moi, je me suis mal exprimé, sans doute. Ce n'est pas mon appartement, mais un studio d'artiste que je possède près de *La Mercerie*, qui est l'ancien quartier marchand de Venise, entre la place St-Marc et le pont du Rialto. C'est un endroit ouvert au public, avec un coin salon confortable pour les clients. Il se pourrait même que j'aie des vêtements de rechange pour vous là-bas.

Elle le détailla de la tête aux pieds.

— Je doute que nous fassions la même taille.

— Je parlais de vêtements féminins.

Le soulagement détendit les traits de l'Américaine.

— Ceux de votre femme, je suppose.

Vito se crispa. Même après tout ce temps, il ne parvenait pas à se faire à l'idée qu'il n'avait plus de femme.

Et qu'il n'en aurait plus jamais…

Il secoua la tête.

— Je n'ai pas de femme. Mais il se trouve que mes modèles laissent souvent des vêtements de rechange à l'atelier.

Encore qu'aucun modèle n'eût fréquenté les lieux depuis bien longtemps…

Elle parut intriguée.

— Vos modèles ? De quel genre de studio s'agit-il ? Êtes-vous photographe ? Peintre ?

Vito ne sut que répondre à cela.

Cela faisait si longtemps qu'il n'avait pas exercé son art…

2

Maya avait l'impression d'avoir du coton dans la bouche.

Afin d'évacuer le goût de cendre qui lui collait au palais et à la langue, elle essaya de déglutir. Elle ne parvint qu'à émettre un cri étranglé.

De l'eau ! Il lui fallait de l'eau !

Elle se força à ouvrir les paupières, et la douleur crispa son visage. Pour l'amour du ciel, elle n'avait même pas bu la bouteille entière.

Cela prouvait quelle petite nature elle était…

Mais n'était-ce pas un point que Matt avait fréquemment soulevé ?

Combien de fois lui avait-il répété de se décoincer un peu ? De ne pas être aussi inhibée ?

Si elle s'était lâchée de temps en temps, peut-être son niveau de tolérance serait-il plus élevé aujourd'hui…

Que dirait-il s'il la voyait en cet instant, étendue sur le canapé d'une arrière-boutique dans laquelle elle avait suivi un inconnu ?

Elle entendait parler italien à côté. Si elle parvenait à identifier deux voix masculines et une féminine, elle ne comprenait pas un mot de ce qui se disait.

Lorsqu'elle entendit une porte s'ouvrir et se refermer, elle fit un effort pour se redresser.

Elle s'aperçut soudain qu'elle portait une longue tunique en coton. Alors, elle se rappela vaguement s'être dissimulée derrière un paravent pour se débarrasser de ses vêtements trempés.

Mais elle avait aussi d'autres souvenirs…

Des yeux noisette, doux et compatissants. Des cheveux noirs qui lui faisaient penser aux nuits sans lune de Nouvelle-Angleterre. Des bras forts qui l'avaient aidée à retrouver son équilibre.

Qui était cet homme, au juste ?

Elle n'en avait pas la moindre idée.

Un soupir lui échappa. Cette situation était mortifiante.

Elle s'était livrée à la merci d'un complet inconnu, dans une ville étrangère où elle ne connaissait pas âme qui vive. Personne ne s'inquiéterait de sa disparition si ce séduisant artiste se révélait être un psychopathe.

Maya retint un grognement agacé. C'était vraiment stupide de sa part.

D'un autre côté, ce n'était pas tout à fait comme si elle l'avait suivi dans son appartement. Ils se trouvaient dans un espace ouvert au public, et il y avait même des clients à son arrivée.

Évidemment, ce genre de raisonnement n'aurait pas grâce aux yeux d'oncle Rex si jamais il avait vent de cette situation.

Oncle Rex…

Elle ne lui avait pas vraiment menti. Ni à lui ni au reste de la famille, d'ailleurs. Elle s'était simplement accordé un peu de temps, en prétextant que Matt avait une urgence à régler au travail et qu'il la rejoindrait en Europe dès qu'il le pourrait.

Ce n'était qu'un petit accommodement avec la vérité, afin de reporter le bouleversement qui s'ensuivrait quand elle annoncerait la rupture de ses fiançailles avec l'homme que sa famille considérait comme le parti du siècle.

Si seulement ils savaient…

Des larmes lui brûlèrent les yeux, accentuant la douleur qui lui martelait les tempes. Sa gorge était en feu. Elle aurait tout donné pour quelques gouttes d'eau.

Elle comprit tout à coup que ses prières venaient d'être entendues.

— Je peux entrer ?

La voix masculine provenait de la porte.

— J'ai entendu du bruit et j'ai pensé que vous étiez réveillée.

— Si on veut.

Son sauveteur entra avec un plateau garni de nourriture et d'un gobelet de café. Mais la seule chose qui intéressa Maya, ce fut la carafe d'eau où flottaient des glaçons et des quartiers de citron.

Il posa le tout sur la table de marbre devant elle.

— Comment vous sentez-vous ?

Que répondre à cela ? Tant de descriptions appropriées lui venaient en tête.

Assoiffée. Malade. Embarrassée. Hors de son élément…

En approfondissant les choses, elle nageait dans la confusion, surtout quant à son avenir : un emploi ennuyeux et sans perspective, sa relation sentimentale la plus significative en lambeaux, et rien à attendre ni à espérer.

Elle se força à penser à autre chose et se focalisa sur l'homme qui se tenait devant elle.

Ce fut un choc.

À présent qu'elle avait l'esprit à peu près clair, elle réalisait que le souvenir de leur première rencontre ne rendait pas justice au Vénitien.

Il était d'une beauté à couper le souffle. Grand, sombre, avec de larges épaules et une peau hâlée, il portait un pantalon de costume noir et une chemise gris anthracite. Il semblait tout droit sorti d'une publicité pour un parfum de luxe.

Pour se donner un peu d'air, elle tira sur le col de la blouse qui lui collait à la peau. Comparée à cet incroyable spécimen du genre masculin, elle devait avoir l'air d'un épouvantail.

Sans attendre sa réponse, il avait soulevé la carafe d'eau et commencé à remplir un verre.

Ainsi, en plus d'être incroyablement séduisant, il était capable de lire dans les pensées ?

À moins qu'elle n'ait l'air vraiment assoiffée, tout simplement ?

Reconnaissante, elle prit le verre d'une main tremblante.

— Je me sens comme si j'avais bu trop de vin l'estomac vide et que j'étais tombée dans le canal devant une foule d'inconnus.

Il accueillit cette tentative de plaisanterie par un sourire et un haussement d'épaules magnanime, tandis qu'elle buvait de longues gorgées d'eau fraîche.

— Ce sont des choses qui arrivent, répondit-il avec un clin d'œil malicieux.

Maya se surprit à sourire.

Vito Rameri… Elle ne devait pas être si pompette que cela si elle se rappelait son nom.

Encore qu'il eût été difficile d'oublier la seule personne qui l'ait aidée à sortir d'une situation comme celle-ci. Un artiste et un gentleman. Même le gondolier avait filé très vite. Vito seul était resté pour s'assurer qu'elle allait bien.

Ce qui induisait une question : avait-elle pensé à lui exprimer sa reconnaissance ?

Elle s'éclaircit la gorge.

— Je ne sais pas comment vous remercier, *signor* Rameri…

Il ne lui laissa pas terminer sa phrase.

— Je vous en prie, appelez-moi Vito. Quand j'entends *signor* Rameri, j'ai l'impression qu'on s'adresse à mon père.

— Très bien, Vito. Quoi qu'il en soit, je ne sais pas ce qui se serait passé si vous n'étiez pas intervenu.

Elle baissa les yeux sur ses mains.

— Je ne sais comment vous rendre votre gentillesse.

Il balaya sa remarque d'un geste.

— Allons ! N'importe qui aurait fait la même chose. Les Vénitiens ont l'habitude de prendre soin de ceux qui visitent leur ville.

— Vous savez, ce n'est pas dans mes habitudes de me comporter comme ça. Il est même très rare que je boive de l'alcool.

— Évidemment !

Entre le léger accent du Vénitien et l'absurdité du

propos, Maya ne parvint pas à décider si l'homme était sarcastique.

Et si c'était le cas, elle pouvait le comprendre.

— Je ne pensais pas avoir bu tant que ça, d'ailleurs, poursuivit-elle. Mais je n'avais rien mangé et je crois que je ne connais pas bien mon degré de tolérance au jeûne.

Ou, en l'occurrence, d'absence de tolérance.

— L'alcool sur un estomac vide peut faire des dégâts, surtout lorsqu'on n'a pas l'habitude de boire.

Elle hocha la tête.

— C'est vrai. Et j'aurais dû y penser. Mais il se trouve que je suis confrontée à une… déception inattendue.

— Ah, oui. Le *bastardo*.

Maya tressaillit ; elle avait oublié cette partie de la conversation.

— Oui. Matt, mon fiancé…

Elle se corrigea aussitôt.

— Enfin, mon ex-fiancé. Notre séparation remonte à trois jours.

Trois jours, mais il lui semblait qu'elle était confrontée depuis beaucoup plus longtemps à la trahison et à l'absence.

Maya ne pensait pas pouvoir se sentir plus mortifiée. Entre le fait de devoir se justifier devant ce bel Italien et son sentiment de totale et entière rebuffade, son statut de pauvre fille était confirmé.

Et pour couronner le tout, fallait-il vraiment que son sauveteur soit aussi séduisant ?

N'aurait-elle pu être secourue par un chauve bedonnant ayant l'âge d'être grand-père, plutôt que par cet adonis habillé en Armani ?

Aurait-ce été trop demander ?

Encore un élément à ajouter à la liste de ses échecs. Une preuve qu'elle n'avait pas sa place dans la famille accomplie et couronnée de succès qui l'avait accueillie après le décès de ses parents.

Sa tante était professeur dans l'une des meilleures universités de Boston ; son oncle, chef d'une entreprise florissante. Et la voilà, elle, qui était incapable de profiter d'un voyage de rêve, qu'elle n'aurait jamais pu s'offrir sans l'aide de sa grand-mère !

— Et si vous m'expliquiez tout cela pendant que vous vous restaurez ? Apparemment, vous n'avez pas beaucoup mangé depuis votre arrivée. C'est un péché de ne pas se nourrir dans une ville qui regorge de mets plus délicieux les uns que les autres !

À ces mots, Maya se sentit tout à coup une faim de loup. Elle prêta attention au plateau posé devant elle : il comportait une grande variété d'*antipasti*, de la charcuterie et divers fromages. Une miche de pain qui semblait tout droit sortie du four les accompagnait.

— Vous n'auriez pas dû vous donner tout ce mal, protesta-t-elle, confuse.

— Ce n'est rien du tout. J'ai passé commande à la *trattoria* d'à côté. Je fais ça tout le temps.

Il désigna le plateau.

— Allez-y, mangez ! Le pain va refroidir.

Gênée par tant d'attentions, Maya baissa la tête.

Même si elle brûlait d'envie de piocher dans cet appétissant assortiment, elle se sentait comme un petit enfant sans défense dont il fallait prendre soin. C'était déjà suffisant qu'il l'ait sortie de l'eau et lui ait fourni un endroit où se laver et s'habiller. Il n'était pas utile qu'il la nourrisse en plus.

Encore que la comparaison avec un enfant ne fût pas aussi inadéquate que cela. Ce qu'elle devait faire, c'était rassembler ses vêtements sales, déterminer où elle se trouvait exactement dans Venise et regagner son hôtel, près de la place Saint-Marc. Ensuite, elle resterait dans sa chambre, à considérer toutes les façons dont sa vie avait sombré dans la débâcle.

Et cependant, Vito était si aimable, si attentionné d'avoir commandé cette collation pour elle... Il serait terriblement impoli de refuser.

— D'accord, acquiesça-t-elle, mais uniquement si vous vous joignez à moi.

— Je ne refuse jamais une occasion de partager un repas avec une belle femme.

Eh bien ! Cet homme était un charmeur.

— Cela nous permettra de discuter, ajouta-t-il en approchant une chaise de la table en marbre placée entre eux. J'ai l'impression que vous avez besoin d'une oreille à laquelle vous confier.

Elle secoua la tête, embarrassée.

— C'est gentil, mais je ne peux pas faire ça. J'ai déjà trop abusé de votre temps et de votre gentillesse.

Il poussa un soupir, dont elle ne comprit pas le sens.

— Croyez-moi, je ne manque pas de temps en ce moment.

Pourquoi exactement se préoccupait-il à ce point de la belle et mélancolique Américaine installée dans son arrière-boutique ?

En fait, quelque chose en elle l'émouvait profondément. Personne ne lui avait jamais fait cet effet-là. Même pas Marina.

Un sentiment de culpabilité lui déchira la poitrine. Serait-il un jour capable de penser à Marina sans être rongé par la culpabilité ?

En face de lui, Maya sirotait son expresso et il éprouva soudain l'envie de capturer son expression. À l'idée de prendre son carnet de croquis, il ressentait des picotements au bout des doigts.

C'était la deuxième fois que cela lui arrivait cet après-midi, alors qu'il n'avait rien créé depuis des mois et des mois !

Il ne se rappelait pas quand il avait ressenti cela pour la dernière fois… Ou, plutôt, si. Il ne s'en souvenait que trop bien. Cela remontait à ce jour fatal où son univers avait basculé.

Et il ne pouvait s'en prendre qu'à lui-même.

Il réalisa soudain que son invitée avait repris la parole.

— Je me demande si j'ai bien fait de venir, disait-elle d'un ton hésitant.

— De toute façon, vous n'étiez pas en état de retourner à votre hôtel. Et vous étiez trempée.

Elle se mordilla la lèvre inférieure.

— Je voulais dire que je n'aurais pas dû venir à Venise. J'aurais dû rester chez moi, à Boston.

— On ne doit jamais regretter d'être venu à Venise.

Elle grimaça.

— Regardez les problèmes que j'ai, et ce n'est que le deuxième jour.

— Dans ce cas, ça ne peut que s'améliorer.

Elle eut un rire amer.

— Je ne peux pas tomber plus bas, n'est-ce pas ?

— Les choses auraient pu être bien pires.

Elle haussa un sourcil.

— Vous trouvez ?

— Vous auriez pu vous casser quelque chose dans votre chute. D'ici demain, tout sera oublié, vous verrez. Après tout, je n'ai vu personne vous filmer avec son téléphone, ni même prendre des photos.

Elle rougit et porta une main à sa bouche.

— Oh ! mon Dieu, vous êtes sûr ? Il ne manquerait plus que ça se retrouve sur les réseaux sociaux et que tout le monde puisse me voir.

— Y compris le *bastardo* ?

— Oui ! Surtout lui !

Son air horrifié émut Vito.

Son ex-fiancé avait dû lui en faire voir de toutes les couleurs. Pourtant, en dépit de sa trahison, elle se souciait toujours de ce qu'il pensait d'elle.

— Ne vous inquiétez pas, dit-il. J'ai assisté à toute la scène et je vous assure qu'elle n'a pas été enregistrée d'une quelconque façon.

Le soulagement détendit les traits de Maya puis, contre toute attente, elle émit un petit rire.

— Je suppose que cela valait le coup d'œil, pourtant !

Vito réprima sa propre hilarité.

— Allez-y, ne vous gênez pas pour rire ! ajouta-t-elle. Je vous assure que je ne le prendrai pas personnellement.

— Je ne me moquerais jamais d'une femme en détresse.

— Ce n'est pas moi qui vous le reprocherais. Je suis sûre que j'avais l'air ridicule quand j'ai perdu l'équilibre.

— Pas du tout. C'était une chute tout à fait gracieuse. Une lady n'aurait pas été plus élégante.

— J'en doute. Je pense que j'étais très loin de ressembler à une lady.

— Je pense quant à moi qu'être trop guindé n'est pas une qualité.

Elle pinça les lèvres.

— On me l'a déjà dit.

Il avait donc vu juste. Le fameux fiancé lui avait laissé des cicatrices à l'âme.

Il ressentit soudain une profonde antipathie pour cet homme, même s'il serait bien incapable de le reconnaître s'il le croisait sur le pont voisin.

— Je crois que vous devriez oublier tout ce que cet homme vous a dit.

Vito regretta aussitôt ces paroles. Il allait trop loin. Il venait à peine de faire la connaissance de cette Américaine et, pour ce qu'il en savait, cet ex-fiancé était l'amour de sa vie. Peut-être ne se remettrait-elle jamais de la séparation.

— Il serait peut-être temps que j'essaie, oui…

Elle ne semblait pas convaincue et il aurait voulu trouver les mots pour la persuader que ce Matt ne valait pas l'amour qu'elle avait gâché pour lui. Même sans connaître la situation, il était persuadé que cet homme avait reçu un cadeau précieux et qu'il avait été trop égoïste pour le chérir.

N'était-ce pas le comble de l'ironie, venant de lui ?

— J'aimerais pouvoir vous aider, *cara*.

Ce mot tendre lui avait échappé et le petit sursaut étonné de Maya lui apprit qu'elle en comprenait le sens.

— Vous en avez déjà trop fait.

— Et pourtant, vous voilà esseulée et triste, alors que ce voyage devait être une escapade amoureuse.

Elle s'affaissa sur son siège.

— Cela devait être bien plus que cela.

— Ah bon ?

— Ma grand-mère a gagné ce voyage pour moi à une vente de charité dont le but était de construire un foyer pour femmes battues à Martha's Vineyard. Elle a dépensé une grande partie de ses économies pour moi.

Et elle en ressentait de la culpabilité. L'œil d'artiste de Vito pouvait en lire tous les stigmates sur son visage.

— Cela me semble être une noble cause.

— En effet. Elle voulait que ce voyage soit mon cadeau de mariage, parce qu'elle savait que je souhaitais depuis toujours découvrir l'art européen. Matt n'aurait jamais accepté ce genre de voyage si nous avions dû le payer nous-mêmes. Son style, ce serait plutôt les îles tropicales.

— Je vois.

— C'était tellement généreux de la part de Fran ! Elle me parle sans arrêt des merveilleux voyages qu'elle a faits avec mon grand-père et elle voulait que j'en fasse l'expérience à mon tour.

— Eh bien, vous savez ce qu'on dit : mieux vaut être seul que mal accompagné.

— Sans doute, mais je commence à me dire que c'est de la folie de penser que je pourrais profiter de ce voyage toute seule. Je crois que je ferais mieux de renoncer.

Sans réfléchir, comme par réflexe, Vito lui prit la main.

— Je ne serais pas un Vénitien digne de ce nom si

je vous laissais quitter notre majestueuse cité sans que vous ayez eu la chance d'en explorer tous les recoins.

Au contact de sa main, Maya ressentit comme une décharge électrique qui lui remontait le long du bras. Il lui fallut quelques instants pour recouvrer ses esprits.

Les questions se mirent alors à fuser dans sa tête. Comment pourrait-elle jouer les touristes enthousiastes alors que son monde s'était effondré ? Comment ne pas ressentir une impression d'étrangeté devant toutes ces activités qu'elle se faisait une joie de découvrir avec Matt ?

Délicatement, elle retira sa main. Il était évident qu'elle surcompensait le rejet infligé par Matt en cherchant l'approbation d'un inconnu.

Mais ce n'était pas parce que l'inconnu en question était singulièrement beau, comme sorti d'un grand film d'amour, qu'elle devait se méprendre sur ses intentions.

Il se montrait tout simplement attentionné, et peut-être même avait-il pitié d'elle. Quelle idiote elle faisait de croire qu'il existait un mystérieux courant entre eux !

— Je ne sais pas, commença-t-elle, hésitante. Le deuxième jour n'a pas très bien commencé.

— Mais il n'est pas encore terminé.

Il n'avait pas tort, sans doute.

Et il aurait pu lui arriver pire que de rencontrer cet homme charmant. Même si elle aurait préféré que ce fût en des circonstances différentes.

Elle l'observa tout en terminant de boire son café.

Que se serait-il passé si elle avait fait ce voyage des années auparavant, quand elle était vraiment célibataire ?

Elle s'imagina entrer par hasard dans sa galerie pour admirer le travail d'un artiste local. Où les aurait menés cette rencontre totalement différente ? Seraient-ils devenus amants ? Elle n'était pas le genre de femme à attirer un homme comme lui, mais peut-être aurait-il discerné quelque chose en elle ?

Non mais, sérieusement ?

En temps normal, Vito Rameri ne lui aurait pas accordé un regard. Pour qu'une fille comme elle se fasse remarquer par un homme comme lui, il fallait qu'elle tombe dans le canal.

Elle n'était vraiment pas d'une beauté à couper le souffle, elle le savait. En fait, elle avait été très surprise que le talentueux, séduisant et très recherché fils de l'associé de son oncle l'invite à déjeuner la première fois. Plus étonnant encore, Matt avait tellement apprécié sa compagnie que, avant même la fin du repas, il avait demandé à la revoir.

Maya s'était alors dit qu'elle avait peut-être trouvé l'homme avec qui elle pourrait bâtir le genre d'avenir dont elle rêvait tant. Un avenir avec une famille à elle, où elle se sentirait à sa place.

Pourtant, elle devait reconnaître que, au plus profond d'elle-même, il lui avait tout de même semblé que quelque chose clochait.

Même lors de leur premier rendez-vous, la vibration entre Matt et elle avait semblé forcée. D'une certaine façon, elle avait deviné que Matt, au lieu de lui apporter sur un plateau tout ce qu'elle désirait, allait la laisser tomber.

Cependant, elle avait délibérément ignoré les signaux d'alarme qui n'avaient cessé de se déclencher à chaque étape. Et si elle avait soupçonné qu'elle n'était rien d'autre pour Matt qu'un moyen d'avoir l'air d'un homme sérieux et rangé, elle avait consciencieusement ignoré cette sensation.

Lorsqu'elle releva les yeux, elle vit que Vito l'observait.

— Vous semblez partie à des milliers de kilomètres. Peut-être à Boston ?

Maya secoua la tête.

— Je suis désolée. Je réfléchissais.

— J'ai vu.

Il se cala contre le dossier de sa chaise et relâcha son souffle.

— Vous a-t-on déjà dit que votre visage est étonnamment transparent ?

— Je ne comprends pas.

— C'est comme si vos traits se modifiaient en fonction de vos pensées. Je ne sais pas comment vous l'expliquer… C'est difficile.

S'il s'agissait d'une entrée en matière pour flirter avec elle, ce n'était vraiment pas commun.

— Non, personne ne m'a jamais dit cela, répondit-elle.

— C'est pourtant une évidence quand on est artiste.

Bon, il ne s'agissait pas d'un flirt…

Maya hésita entre le soulagement et la déception.

— Eh bien, vous devez être le premier véritable artiste que je rencontre. Personne n'a jamais fait de commentaire mémorable sur mon visage.

Elle vit bouger la main de Vito, puis celui-ci ferma le poing.

L'espace d'un instant, elle eut la pensée folle qu'il avait envisagé de la toucher.

Elle l'imagina redessinant le contour de sa mâchoire

du bout des doigts, posant sa paume en coupe autour de sa joue.

Un frisson courut le long de sa colonne vertébrale.

Le regard qu'il posait sur elle tandis qu'il détaillait ses traits était hypnotique. L'atmosphère entre eux avait changé. La tension devenait presque palpable.

À cet instant, Maya eut l'étrange impression qu'elle connaissait cet homme depuis toujours. Elle l'avait vu dans ses rêves, avait entendu sa voix en imagination.

Ou alors, elle s'était cogné la tête en tombant de la gondole…

— J'ai une confession à vous faire…

Son intonation, tandis qu'il prononçait ces mots, coupa le souffle de Maya.

— Je crains que ça ne vous plaise pas.

3

Postée devant le chevalet vers lequel Vito l'avait guidée, Maya ne parvenait pas à décider si elle aimait ou non.

Était-ce vraiment elle, cette femme dessinée au fusain sur une toile blanche ?

— Vous ne dites rien, *cara*, murmura Vito dans son dos.

— Je ne sais pas quoi dire.

— Je la détruirai si vous le souhaitez. Nous ferons comme si elle n'avait jamais existé.

Son intonation crispée apprit à Maya que cela ferait beaucoup de peine à Vito si elle agissait ainsi.

Mais que souhaitait-elle ?

D'un côté, elle se sentait flattée d'avoir inspiré un artiste tel que lui. De l'autre, elle éprouvait de la gêne, comme si son intimité avait été profanée à son insu.

Elle s'éclaircit la gorge.

— Non. Ne faites pas ça ! Il me faut simplement un peu de temps pour décider ce que ce portrait m'inspire.

— Je comprends.

— Personne ne m'a jamais dessinée avant. Je ne suis même pas certaine qu'il s'agisse de moi.

— Bien sûr que c'est vous ! Comment se fait-il que vous ne le voyiez pas ?

Elle chercha ses mots.

Peut-être l'alcool embrumait-il encore son cerveau, mais elle ne savait comment formuler les choses.

— Je ne sais pas exactement… Il me semble que cette femme, là… Comment dire ? On dirait qu'elle est plus en paix avec elle-même et avec sa vie que je ne le suis. Elle semble sûre des décisions qu'elle a prises.

Qu'il ait réussi à exprimer tout cela en un rapide dessin était magique aux yeux de Maya. Le talent de Vito l'époustouflait.

Modeste, il haussa les épaules.

— C'est mon métier. En tant qu'artiste, je capture ce que je vois.

— Et c'est ainsi que vous m'avez vue pendant que je dormais ?

Vito répondit sans hésiter.

— C'est ainsi que je vous vois, en effet.

Même si c'était flatteur, Maya savait qu'elle ne devait pas tirer de conclusions hâtives de la façon dont il l'avait peinte.

Cela faisait à peine quelques heures que cet homme avait posé les yeux sur elle. Il ne savait pas qui elle était vraiment. Il n'avait pas idée des décisions qu'elle avait prises et qui l'avaient menée jusqu'ici, esseulée et mélancolique.

Si Vito avait eu connaissance de tout cela, il l'aurait représentée différemment, cela ne faisait aucun doute.

La curiosité la poussa à demander :

— Si je puis me permettre, qu'est-ce qui vous a incité à faire ça ?

— À vous dessiner, vous voulez dire ?

Maya hocha la tête. Il avait sûrement mieux à faire… En tout cas, il aurait pu facilement trouver un meilleur sujet.

Elle avait conscience d'être une source d'embarras pour lui. Il s'était senti obligé de lui porter assistance, car personne d'autre ne semblait décidé à le faire.

Rien à voir avec une muse…

La réponse de Vito la surprit.

— Vous êtes l'une de ces rares personnes dont la force intérieure se voit à l'extérieur. C'est une qualité peu commune.

Maya ne put s'empêcher de rire. Elle n'avait pas dû bien le comprendre.

En fait, rien de tout cela ne lui semblait réel. Peut-être était-elle encore endormie sur le canapé du bel inconnu, rêvassant dans les vapeurs d'alcool.

Ou alors, peut-être devait-elle remonter plus loin que cela. Il était fort possible qu'elle se soit blessée lors de sa chute et qu'elle se trouve en ce moment sur un lit d'hôpital, plongée dans le coma.

Vito ne semblait pas partager le même état d'esprit.

— Je vois que vous trouvez cela amusant, dit-il sans masquer son étonnement.

Elle haussa les épaules.

— Cela me paraît tellement ridicule ! À l'évidence, vous voyez quelque chose qui n'existe pas.

— Ou quelque chose que vous refusez de voir vous-même, rétorqua-t-il. Parce que vous avez laissé quelqu'un d'autre vous convaincre que ce n'est pas réel.

Aïe ! Cela lui apprendrait à se confier à un inconnu !

Cet homme, dont elle ignorait l'existence quelques heures plus tôt, en savait beaucoup trop sur son humiliation.

Elle sentit ses joues s'enflammer.

Pourquoi avait-elle quitté sa chambre d'hôtel ? Ou plutôt, pourquoi avait-elle quitté Boston ?

Elle se crispa à cette idée.

La raison était toute simple : elle avait voulu se convaincre qu'elle ne voulait pas décevoir sa grand-mère. Mais en réalité, elle n'avait pas eu le courage d'affronter sa famille après ce que Matt lui avait fait. Elle n'avait pas pu envisager de se retrouver devant les cinq personnes les plus parfaites qu'elle connaisse et de devoir leur dire qu'elle avait échoué.

Certes, rien de tout cela n'était sa faute – c'était Matt qui avait détruit leur relation – mais elle ne voulait pas admettre qu'elle n'avait pas été à la hauteur, qu'elle ne lui avait pas suffi.

Alors, elle s'était enfuie. Mais elle avait commis une erreur en faisant cela.

À présent, un inconnu se targuait de la psychanalyser.

Elle sentit l'irritation monter en elle.

Il l'avait peut-être aidée à se sortir d'une situation épineuse, mais cela ne lui donnait pas le droit de disséquer sa personnalité et de la juger.

C'était à se demander si elle n'était pas une sorte d'aimant pour les hommes dominateurs et arrogants.

— Vous vous trompez si vous croyez me connaître, déclara-t-elle d'un ton mordant. Vous n'avez pas la moindre idée de qui je suis.

— Je vous connais peut-être plus que vous ne le pensez.

— Et vous êtes peut-être un odieux macho, trop prompt à porter des jugements sur les femmes.

Elle avait riposté sans réfléchir, s'attirant un éclat de rire qui transforma son irritation en colère.

À présent, il se moquait d'elle.

— En quoi est-ce si amusant ?

— Vous venez d'apporter la preuve de ce que je viens de dire !

Ça suffisait. Elle en avait plus qu'assez.

— Faites ce que vous voulez de mon portrait, je m'en fiche, dit-elle. Je vais m'en aller. Si vous voulez bien me rendre mes vêtements…

Vito étudia son visage quelques instants, avant de hocher lentement la tête.

— Bien sûr. Si vous pensez vous sentir suffisamment solide…

— Je me sens très bien. Et je trouverai un moyen de vous remercier pour votre hospitalité. Je suis à Venise pour quelques jours encore.

Sauf qu'en prononçant ces mots, elle réalisa combien cela s'annonçait compliqué. Maintenant qu'elle avait repris ses esprits, elle se souvenait que son téléphone et son sac étaient tombés dans le canal.

Ce qui la confrontait à un autre problème : comment regagner son hôtel à pied ? Et elle n'avait pas d'argent pour prendre un *vaporetto.*

Elle était à nouveau à la merci de Vito Rameri.

L'atmosphère entre eux était vraiment devenue étrange et Vito savait qu'il en était seul responsable. Apparemment, il n'avait tiré aucun enseignement de ses erreurs passées.

Maya avait raison. Il était un odieux macho, désespérément insensible aux sentiments d'autrui. Il n'aurait jamais dû lui montrer le dessin.

Plus encore, il n'aurait jamais dû le faire.

Mais quand il était venu vérifier comment elle allait, elle lui avait paru si sereine sur le canapé qu'il n'avait pu s'en empêcher.

Le bras relevé sur un coussin, avec le soleil de l'après-midi qui dessinait des ombres sur sa peau, elle lui avait évoqué un tableau de la Renaissance.

Bien qu'il fût sculpteur de métier, la plupart de ses créations avaient des dessins pour origine. Et il lui avait suffi d'un regard à la masse de cheveux encadrant le visage angulaire de la jeune femme pour ressentir un picotement familier au bout des doigts.

Cette sensation, il ne l'avait pas éprouvée depuis trois ans, depuis l'accident, et, là, il n'avait pas eu la force de l'ignorer. À présent, il regrettait sa décision, étant donné la façon dont la *signorina* le regardait.

— Veuillez m'excuser, Maya. Je n'aurais pas dû vous dessiner à votre insu.

En fait, c'était bien la première fois qu'il faisait une chose pareille.

Que lui était-il passé par la tête ?

Pour tout dire, il en avait une petite idée. Quelque chose chez cette femme avait réveillé en lui une sensibilité qu'il ne voulait ni reconnaître ni approfondir.

Était-ce la tristesse de Maya qui l'avait attiré ?

Sans doute. Elle était seule et malheureuse alors qu'elle aurait dû profiter joyeusement d'une des plus belles villes du monde, et il avait de la peine pour elle. Qui n'en aurait pas eu ?

En revanche, elle ne semblait pas prête à accepter ses excuses. Elle avait l'air plus en colère que jamais.

— Vous pensez que je suis contrariée parce que vous m'avez dessinée ?

Il haussa les épaules. Si ce n'était pas cela, alors de quoi s'agissait-il ?

— Peu importe, ajouta-t-elle sèchement. Dites-moi où sont mes vêtements, que je puisse m'en aller.

— Bien sûr. Je vais vous les apporter. Ils doivent être secs maintenant.

Vito se sentait stupide d'éprouver une telle déception. Quant à la perspective de ne jamais revoir cette femme, il préférait ne pas y penser.

— Merci.

Elle sembla hésiter, le regard fixé sur le plafond.

Puis elle poussa un long soupir et ajouta :

— Pourriez-vous me dire comment rejoindre mon hôtel ?

— Le plus simple serait de prendre un *vaporetto*.

— Le problème, c'est que j'ai perdu mon sac dans la chute, avec mon argent et mon téléphone. Je vais devoir y aller à pied.

À en juger par le tremblement de ses lèvres, elle était proche du point de rupture. Dans ces conditions, il n'était pas question de la laisser livrée à elle-même.

D'autant qu'il était responsable de sa dernière contrariété.

— Je ne peux pas vous laisser rentrer seule. Il fait déjà sombre et vous ne connaissez pas le chemin.

— Je me débrouillerai. Vous en avez déjà assez fait.

C'était vraiment une tête de mule. Mais que croyait-elle ? Qu'il la laisserait errer dans la nuit sans un sou en poche et sans la moindre idée de la direction qu'elle devait prendre ?

Comment pourrait-il se le pardonner si, par ses agissements, il était à nouveau responsable d'un accident ? C'était déjà, en l'état, bien assez compliqué de vivre avec sa conscience.

— Je vais vous organiser un trajet en *motoscafo*. C'est un bateau-taxi qui vous conduira directement à votre hôtel, sans aucun arrêt en cours de route.

Il leva la main pour l'empêcher de protester.

— J'insiste ! Je m'en occupe pendant que vous vous habillez.

Vito lut dans son regard la bataille interne qui se menait entre fierté et bon sens.

Quand elle se décida enfin à répondre, il s'autorisa un soupir de soulagement.

Apparemment, le bon sens l'avait emporté.

— Très bien. Puisque vous insistez... Je n'accepte que pour votre tranquillité d'esprit.

Vito se mordit la lèvre pour contenir son amusement. Quelle petite futée, de laisser entendre que c'était elle qui lui faisait une faveur et non le contraire. Elle n'imaginait pas à quel point elle était magnifique.

Si seulement elle savait...

Il aurait tellement voulu que les choses soient différentes entre eux. Que cette femme charmante et énigmatique qui semblait avoir réveillé ses sens ne soit pas sur le point de sortir de sa vie pour de bon.

Aussi vite qu'elle y était entrée...

Elle ne pouvait s'empêcher de penser à lui.

Pour la centième fois depuis qu'elle s'était glissée

dans son lit, Maya roula sur le ventre et ajusta l'oreiller sous sa tête.

Après la journée éprouvante qu'elle avait passée, elle avait été certaine qu'elle s'endormirait aussitôt rentrée dans sa chambre d'hôtel. D'ailleurs, elle avait besoin de dormir si elle voulait être en forme pour affronter les formalités administratives qui l'attendaient le lendemain.

Et pourtant, le sommeil s'obstinait à la fuir.

C'était à cause de lui.

À chaque fois qu'elle fermait les yeux, elle voyait le visage sombre et énigmatique de Vito, son regard triste…

Elle ne savait pas comment l'expliquer.

Elle se retrouvait célibataire après avoir perdu l'homme avec qui elle espérait passer le reste de sa vie, mais elle avait à peine accordé une pensée à Matt depuis qu'elle avait quitté l'atelier de Vito.

Quels enseignements devait-elle en tirer sur elle-même ? Ou sur le mariage qu'elle avait failli contracter ?

Vito prétendait voir une force en elle. Il avait campé sur ses positions quand elle avait émis des doutes. En réponse, elle lui avait parlé d'un ton agressif et avait filé sans même le remercier pour tous ses efforts.

Il n'y avait vraiment pas de quoi être fière.

Maya poussa un soupir de résignation et se redressa dans le lit.

Cela ne servait à rien de s'entêter à vouloir dormir. Elle n'y arriverait pas.

Autant qu'elle s'occupe à quelque chose d'utile, par exemple à prévenir ses proches de la perte de son téléphone et de ses cartes de paiement. Avec un peu de chance, personne ne lui poserait de questions sur Matt…

Elle ouvrit son ordinateur et se connecta au réseau wi-fi de l'hôtel. Après avoir résumé l'essentiel dans un mail de groupe à sa famille, l'informant qu'on ne pourrait la joindre pendant quelques jours que via Internet, elle envoya un message à sa banque pour expliquer la perte de ses moyens de paiement. Puis elle entama un rapide tour d'horizon des différents sites d'information américains.

Une alerte mail apparut presque immédiatement sur l'écran. Sa tante. Elle aurait dû s'en douter. Sa tante était connectée en permanence.

> Tu as perdu tes biens les plus essentiels dès le deuxième jour ?

Sa tante avait ajouté une émoticône hilare, mais Maya savait que la phrase contenait une forte dose de dérision. Jamais l'irréprochable professeur d'une prestigieuse université de Boston aurait été assez négligente pour laisser une telle chose lui arriver.

Maya était la seule de la famille à avoir la tête dans les nuages. Elle le devait sans nul doute aux gènes de sa mère, qui était un esprit libre, constamment occupée à la réalisation de projets artistiques. Son père considérait avec indulgence les choix de carrière fantaisistes de sa femme.

Sa tante, son oncle et ses cousines avaient davantage l'esprit pratique. Manque de chance, ils s'étaient retrouvés avec une préadolescente timide et un peu bizarre. Ils avaient été adorables avec elle. Vraiment.

Pourtant, elle ne s'était jamais sentie à sa place au sein de leur famille.

Elle tapa une brève réponse.

> C'est une histoire amusante. Je te la raconterai à mon retour.

Elle n'eut pas le temps de cliquer sur « envoyer » que sa tante envoyait déjà un autre mail.

> Je suis sûre que Matt s'occupera de tout dès son arrivée. Franchement, que ferais-tu sans lui ? Au fait, quand l'attends-tu exactement ? Impossible d'entrer en contact avec lui.

Tiens donc ! Elle aurait parié que Matt se rendrait indisponible pour la famille.

Tout en sachant que sa tante ne la laisserait pas s'en tirer à bon compte, Maya décida d'ignorer sa question pour le moment.

Essayant de faire diversion aux pensées qui tournoyaient dans sa tête, elle consulta différents sites d'information, mais comprit très vite qu'elle ne parviendrait pas à fixer son attention.

Après avoir jeté un coup d'œil aux derniers scores des Sox, elle céda à la tentation de rêvasser à son après-midi avec le beau Vénitien.

À la pensée du dessin qu'il avait fait d'elle, une étonnante tristesse l'envahit. Elle aurait dû demander à le garder en souvenir de cette journée.

En souvenir de lui…

Mais n'était-ce pas stupide ? Elle ne reverrait jamais cet homme, avec lequel elle n'avait partagé rien d'autre qu'un petit dîner impromptu.

Même si elle tombait sur lui au détour d'une ruelle

avant de quitter Venise, elle devrait garder à l'esprit qu'ils vivaient sur deux continents différents.

Qui était-il exactement ? S'il possédait son propre atelier dans une rue cotée de Venise, il devait connaître un certain succès en tant qu'artiste.

Sans réfléchir davantage, elle inscrivit son nom dans la barre du moteur de recherche.

Cela n'avait rien d'intrusif, voulut-elle se rassurer. Un artiste était un personnage public de toute façon. Il devait d'ailleurs avoir une large présence en ligne. Elle voulait simplement jeter un œil à son travail, découvrir quel genre d'artiste il était.

La réponse lui apparut en quelques secondes, tandis que sa recherche aboutissait à des pages et des pages de résultats.

Dire que Vito était un artiste connu était un euphémisme. En fait, ses sculptures étaient vendues dans le monde entier et particulièrement recherchées par les collectionneurs.

Maya se sentit stupide. Elle avait piqué une crise parce qu'un célèbre sculpteur avait pris le temps de la dessiner.

Il avait dû la considérer comme une pauvre ignorante et se sentir vexé. Combien de femmes auraient été honorées d'être à sa place ?

Se morigénant à mi-voix, Maya lut plusieurs articles en diagonale. L'un d'entre eux détaillait la dernière sculpture réalisée par Vito. La pièce avait atteint une somme à six chiffres lors d'une vente aux enchères.

Mais il y avait quelque chose de surprenant. Le dernier article remontait à plusieurs années. À peu près trois ans. Plus rien n'était mentionné après cela.

Un autre lien était proposé en bas de l'écran.

Accident Rameri

Quelque chose la fit hésiter un bref instant, puis elle cliqua.

Lorsque l'article apparut, elle retint son souffle. Cela n'avait rien à voir avec ce qu'elle avait pu lire à propos de son art.

Plus elle lisait, plus elle se sentait peinée pour l'homme avec qui elle avait passé l'après-midi. La tristesse qu'elle avait lue au fond de ses yeux était justifiée.

Loin d'être l'artiste insouciant qu'elle aurait pu imaginer, Vito Rameri avait un passé tragique.

4

La conversation n'allait pas être facile.

Tout en marchant vers l'atelier de Vito, Maya s'efforçait de rassembler son courage pour pouvoir exprimer ce qu'elle avait à lui dire.

Mieux valait en finir vite.

Contrairement à la veille, où un lumineux soleil égayait l'après-midi, des nuages noirs s'amoncelaient dans le ciel ce matin-là, annonciateurs de mauvais temps.

Maya espéra que leur conversation ne tournerait pas elle aussi à l'orage. Mais elle devait parler à Vito. Elle ne voulait pas qu'il conserve d'elle l'image d'une hystérique partie en claquant la porte, alors qu'il n'avait rien fait d'autre que de se montrer charmant et serviable.

En arrivant aux abords de l'atelier, elle prit une profonde inspiration, puis elle s'approcha et poussa la porte.

L'homme qui se leva pour l'accueillir n'était pas Vito.

— *Buongiorno, signorina.*

Il était grand et hâlé, avec un sourire avenant et de lumineux yeux bruns. En y regardant de plus près,

Maya remarqua quelques similitudes avec Vito et elle se demanda s'ils étaient apparentés.

— Je suis Leo Rameri, déclara l'homme avec une expression amicale.

Même nom de famille. Elle avait vu juste.

— En quoi puis-je vous aider ?

— J'espérais trouver…

Il ne la laissa pas terminer.

— Une pièce à vendre ? Je suis désolé. Vito est en panne d'inspiration pour le moment. Peut-être pourriez-vous passer commande ?

À peine cette suggestion émise, il pinça les lèvres.

— Cependant, je me dois d'être franc et de vous dire qu'il risque de ne pas accepter le projet.

Il la prenait pour une cliente.

Maya n'eut pas l'occasion de clarifier la raison de sa visite, car la porte venait de s'ouvrir derrière elle. Sans avoir besoin de se retourner, elle sut qui venait d'entrer.

C'était lui. Elle pouvait sentir la présence de Vito.

— Maya ? C'est vous ?

Elle prit une profonde inspiration avant de se retourner pour l'affronter.

Si une telle chose était possible, il semblait encore plus séduisant que la veille. Il était habillé de façon plus informelle, avec une chemise de lin blanc cassé et un pantalon de gabardine beige. Ses cheveux, au lieu d'être plaqués en arrière avec du gel, encadraient librement son visage, lui donnant un air moins guindé.

Dans son dos, Leo s'étonna.

— Vous vous connaissez ?

Vito et elle répondirent en même temps par la positive, leurs voix se couvrant l'une l'autre.

Leo se plaça entre eux, les observant tour à tour d'un regard curieux.

— Nous nous sommes rencontrés hier, dit Vito.

— Vito a eu la bonté de me sortir d'une situation assez périlleuse, expliqua Maya. C'est pour cela que je suis ici. J'ai réalisé que je ne l'avais pas remercié en bonne et due forme.

— Ce n'est pas nécessaire.

Le regard rivé au sien, Vito avait parlé d'une voix calme et ferme.

Leo intervint avant qu'elle ait eu le temps de répondre.

— Votre visage m'est familier. Nous sommes-nous déjà rencontrés ?

Maya eut du mal à se concentrer sur ce que lui disait Leo, car elle ne pouvait détacher les yeux de Vito. Celui-ci semblait surpris de la voir.

Était-ce une surprise agréable ou déplaisante pour lui ?

— Je ne vois pas comment tu pourrais la connaître, répondit Vito.

Leo se massa le menton, tout en continuant à observer Maya.

— Vous êtes sûre ? Votre visage m'est pourtant familier.

— À moins que vous soyez venu à Boston et que nous nous soyons croisés par hasard, je ne vois pas où nous aurions pu nous rencontrer, *signor* Rameri.

— Appelez-moi Leo. Je suis le cousin de Vito.

À peine eut-il prononcé ces mots qu'il frappa dans ses mains.

— Je sais ! C'est vous, le dessin qu'a fait Vito.

Maya eut l'impression d'entendre l'intéressé grommeler.

— Je pense que Maya préférerait que je détruise son portrait, Leo, dit-il. Ou même qu'il n'ait jamais existé.

Leo tourna la tête pour le dévisager.

— Quoi ? Comment peux-tu penser une chose pareille ?

Vito haussa les épaules et s'avança pour déposer les sacs qu'il transportait. Puis il donna un coup de menton dans la direction de Maya.

— Ça contrarie notre amie.

Maya protesta.

— Ce n'est pas exactement ce que j'ai dit ! Et ça fait partie des raisons pour lesquelles je suis revenue.

Les deux hommes lui accordèrent des regards curieux, semblant attendre qu'elle s'explique.

Elle songea qu'elle aurait dû mieux préparer ce qu'elle avait à dire. D'autant que la présence de Leo n'arrangeait pas les choses.

Mais ne serait-ce pas terriblement impoli de demander à ce dernier de sortir ?

Elle s'éclaircit la gorge.

— Je voulais vous dire que je suis très gênée d'être partie comme ça hier. J'aurais dû me montrer plus aimable. Surtout si on considère votre gentillesse et votre hospitalité.

Continuer à observer le visage de Vito tout en parlant était trop déstabilisant. Elle se tourna vers Leo, qui ne dissimulait pas son étonnement. Visiblement, les deux hommes n'avaient pas discuté de ce qui s'était passé la veille.

— Et moi, je n'aurais pas dû prendre une telle liberté avec vous, répondit Vito. Ce double *mea culpa* étant fait, je propose d'en rester là.

À en juger par l'expression de Leo, plus médusé que jamais, il était évident qu'il en était arrivé à de scandaleuses conclusions sur ce qui était arrivé.

— Cela me semble raisonnable à moi aussi.

Elle avait essayé de communiquer un peu d'insouciance à son intonation, comme si la conversation n'avait rien eu d'étrange.

— Et je vous en prie, ne détruisez pas le dessin !

Elle manquait de courage pour le réclamer. En outre, il s'agissait d'une œuvre d'art qu'elle était loin d'avoir les moyens de s'offrir.

— En fait, j'aimerais en prendre une photo pour la montrer à ma famille quand je rentrerai. Seulement, comme vous le savez, mon téléphone est tombé avec moi dans le canal.

Leo leva soudain une main pour l'interrompre.

— Attendez une minute, *per favore*. J'ai bien compris ? Vous êtes tombée à l'eau ?

Maya hocha la tête.

— Oui. C'est Vito qui m'en a ressortie.

— Vraiment ?

— Oui. Ensuite, il m'a conduite ici pour que je puisse me sécher.

— Je vois… Eh bien, vous allez vous joindre à nous pour le déjeuner, *signorina*. Mon cousin vient d'apporter de la *pancetta* et des pâtes fraîches. Je suis certain qu'il y en aura suffisamment pour trois.

— Oh… Euh… Je ne suis pas sûre…

Vito l'interrompit.

— Je suis certain que Maya est trop occupée pour prendre le temps de déjeuner avec nous.

Mais Leo n'avait pas dit son dernier mot.

— J'insiste !

Sans plus attendre, il poussa Maya vers l'arrière-boutique où, moins de vingt-quatre heures plus tôt, elle s'était effondrée sur le canapé pour se remettre de ses émotions.

— J'ai hâte de tout savoir sur votre chute et sur la façon dont mon galant cousin vous a porté secours. Étonnamment, il ne m'en a pas dit un mot.

Maya resta sans voix.

Elle ne s'était pas du tout attendue à cela et elle devait trouver un moyen d'échapper à cette invitation. Car, si Leo n'avait pas conscience du regard meurtrier que lui lançait Vito, elle-même ne l'avait pas manqué.

Vito Rameri n'avait aucune envie de la voir s'attarder en ces lieux.

Ce n'était pas l'envie qui manquait à Vito de remettre Leo à sa place. Ce cousin était une vraie plaie. Plus intrusif encore que la *Nonna*, et ce n'était pas peu dire.

C'était déjà bien assez problématique que Maya ait débarqué ici. Elle n'avait pas la moindre idée des efforts qu'il avait dû déployer pour oublier qu'elle existait. Combien il s'était efforcé de laisser derrière lui les quelques heures qu'ils avaient passées ensemble, afin de continuer à suivre à la lettre la routine qu'il avait mise en place depuis qu'il avait perdu Marina.

Il avait fait preuve de stupidité en confondant un élan d'inspiration artistique avec autre chose. Il avait été ému par la détresse de cette femme, tandis qu'il l'observait depuis la terrasse du café. Rien d'autre.

Et voilà qu'il allait devoir rester assis en face d'elle pendant tout un repas, à contempler son visage expressif et à respirer l'odeur de lilas et de rose de son parfum.

— Parlez-moi donc de cette chute, *bella*, demanda Leo, tandis qu'ils s'asseyaient.

Maya baissa la tête.

— Non, je ne préfère pas. Ce n'était pas un moment très glorieux, vous savez.

Vito eut envie de lui dire qu'elle n'avait aucune raison d'être embarrassée, mais il devinait où les mènerait cette conversation. Il décida qu'il valait mieux ne rien dire du tout et faire en sorte que ce repas se passe le mieux possible.

— C'est compréhensible, déclara Leo d'un ton bienveillant. En tout cas, je suis content que mon cousin ait pu vous aider.

Vito ressentit le besoin impératif de changer de sujet.

— Le dessin est à vous si vous le voulez, lança-t-il.

Maya parut abasourdie.

— Mais non, pas du tout ! s'exclama-t-elle. Je ne peux absolument pas accepter un Rameri original !

Ainsi, elle s'était renseignée sur lui. Et c'était tout récent car, la veille, il était évident qu'elle n'avait pas la moindre idée de qui il était.

— C'est possible, mais il vous appartient plus qu'à moi. Il est normal que vous l'ayez. Je vous le donne.

— Mais non, pourquoi feriez-vous ça ?

Il haussa les épaules.

— Vous n'étiez pas un modèle rémunéré, plutôt une inspiration.

Elle tressaillit et il regretta aussitôt ses paroles. Pourquoi avait-il fallu qu'il dise cela ?

Cela ouvrait de nouvelles perspectives qu'elle voudrait probablement explorer. Et il n'en avait aucune envie.

Vito ne se sentait pas à l'aise en compagnie de cette femme et le fait que son cousin les observe tous les deux, comme un scientifique devant des sujets d'expérience en laboratoire, ne l'aidait pas.

— C'est plus que généreux. En temps normal, jamais je n'aurais les moyens de m'offrir une œuvre originale.

— Ce n'est qu'un dessin, relativisa Vito.

— Quand bien même, intervint Leo. Tu ne peux pas nier que c'est un geste très généreux.

Tout en prononçant ces mots, il l'interrogeait du regard, ne faisant qu'exacerber la colère de Vito à son égard.

— N'en parlons plus. Mon assistante vous l'enverra à Boston. N'oubliez pas de me donner votre adresse avant de partir.

La jeune femme hocha la tête, manifestement encore indécise.

— Bon, d'accord, murmura-t-elle. Merci, Vito. Vraiment.

Un long silence s'installa.

Leo était le seul à faire honneur au repas. Vito avait perdu l'appétit qui faisait gargouiller son estomac à peine une demi-heure plus tôt, et Maya mettait un temps fou à manger ses pâtes.

Ce fut Leo qui reprit finalement la parole.

— Dites-moi, Maya, quels sont vos projets pour aujourd'hui ? Allez-vous visiter nos beaux monuments historiques ?

— Eh bien, pour commencer, je dois acheter un téléphone à carte prépayée. Mais oui, j'ai prévu de visiter la basilique Saint-Marc et le palais des Doges. Une visite guidée prévue pour deux, mais le guide devra se contenter d'une personne.

Elle grimaça un sourire forcé.

Devant le regard interrogateur de son cousin, Vito crut bon d'expliquer :

— Maya s'est retrouvée contrainte de voyager seule.

Leo eut une mimique désolée.

— Oh ! mais ce n'est pas possible ! s'exclama-t-il. Il faut lui trouver quelqu'un pour l'accompagner.

Maya protesta.

— Ça ne me dérange pas, vous savez.

Vito se demanda si elle disait vrai. Elle se tenait raide sur sa chaise et avait parlé d'un ton défiant quiconque de la contredire.

— Vraiment, ajouta-t-elle. Je n'ai aucun problème avec ça.

Elle but précipitamment une gorgée d'eau.

— Absolument aucun.

Une fois de plus, elle s'exprimait avec trop de véhémence.

Vito était certain qu'elle cherchait à donner le change et, à nouveau, il ne put s'empêcher de ressentir de la colère envers cet homme sans visage qui l'avait si honteusement abandonnée.

— Peut-être Vito pourrait-il…

Vito se leva avant que son cousin ait pu terminer sa phrase. Il savait ce que Leo avait en tête et n'avait pas l'intention de le laisser faire.

— Je retourne dans la boutique. Il serait dommage de perdre un client.

Le regard que lui lança Leo était aussi explicite que des mots : comme si des acheteurs se bousculaient encore dans la galerie… Il n'y avait plus rien à proposer à la vente.

Il adressa un signe de tête courtois à Maya.

— Je vous en prie, restez et terminez votre repas. Mon cousin vous fera la conversation.

Tandis qu'il tournait les talons, la voix de Leo s'éleva dans son dos :

— Tu es vraiment obligé de partir ?

Vito ne prit pas la peine de répondre, réprimant le « oui » vibrant qu'il aurait dû lancer.

Il fallait qu'il parte. Sinon, il pourrait être tenté de faire quelque chose de stupide.

Par exemple, de proposer d'accompagner Maya dans sa visite de Venise.

5

Vito regarda Maya franchir la porte et vacilla sous la bourrade que son cousin lui asséna dans le dos.

Il serra les poings pour ne pas se lever de sa chaise et riposter. S'il le faisait, le coup qu'il porterait serait beaucoup plus violent que la claque enjouée qu'il avait reçue.

À quand remontait sa dernière bagarre avec Leo ? Ils devaient être adolescents. Leur grand-mère serait furieuse si elle apprenait qu'ils continuaient à se battre une fois devenus adultes.

Il n'empêche qu'il se demanda brièvement si cela n'en vaudrait pas la peine.

Il se retourna pour considérer Leo.

— C'était quoi, ça, cousin ?

— C'était pour te faire payer ton impolitesse à l'égard d'une touriste américaine qui était notre invitée.

— Invitée par toi, ne l'oublions pas !

— Ce qui prouve que j'ai raison.

Vito eut un soupir résigné et se replongea un instant dans l'article qu'il essayait de lire depuis quelques minutes, avant de relever la tête.

— Raison à propos de quoi ? demanda-t-il. Tu

te mêles toujours de ce qui ne te regarde pas, tu es incapable de t'occuper de tes propres affaires.

— Nous sommes de la même famille. Tout ce que tu fais me concerne.

— Pas quand il s'agit de me faire jouer les baby-sitters auprès d'une touriste esseulée.

— Elle ne reste à Venise que quelques jours. En quoi est-ce une mauvaise idée de l'accompagner ?

— Pourquoi ne le fais-tu pas toi-même ?

Leo eut un rire ironique.

— Tu me vois expliquer à Lina que je vais passer la journée avec une touriste célibataire ?

Il frissonna avec exagération, puis se posa devant Vito, projetant son ombre sur l'article qu'il tenait entre ses mains.

— Tu crois sérieusement que nous n'allons pas en parler ?

— De quoi ?

— Du fait que tu n'as pas pris un crayon depuis des mois, et encore moins manipulé de l'argile. Et que, hier, tu as dessiné cette jeune femme.

— Et alors ?

Leo plissa les yeux.

— Alors, je pense que ta soudaine inspiration est liée à la jeune femme que tu viens de laisser partir.

— Elle s'est endormie dans l'arrière-boutique. J'ai simplement eu l'idée de capturer ses traits. Ce n'est pas la grande révolution que tu sembles imaginer.

— Ah non ?

— Pas pour moi, en tout cas.

— J'ai du mal à te croire. Tu viens ici tous les jours pour te rappeler la vie que tu menais autrefois, la passion qui t'habitait. Quelqu'un parvient à raviver cette passion et tu ne trouves pas cela significatif ?

Vito frappa le comptoir du plat de la main.

— Ce n'est qu'un dessin, Leo. N'essaie pas d'en faire un événement exceptionnel. Quand je serai prêt à créer de nouveau, je le saurai. Et crois-moi, ce moment n'est pas encore arrivé.

— Ça fait trois ans, Vito. Il est temps d'envisager d'avancer, tu ne crois pas ?

— Ce n'est pas parce que nous sommes de la même famille que ça te donne le droit de me faire la leçon. J'aimerais bien que tu t'en souviennes.

Leo pinça les lèvres et la déception assombrit ses yeux.

— Et moi, j'aimerais que tu te souviennes que ce n'est pas toi qui conduisais la voiture de Marina quand elle a basculé par-dessus la falaise.

Sur ces mots, Leo traversa la boutique et sortit en claquant la porte vitrée derrière lui.

Vito laissa échapper un juron. Leo était sacrément agressif. Qu'est-ce que ça pouvait bien lui faire qu'une touriste visite Venise en solitaire ?

Quant à lui, il avait perdu assez de temps à penser à cette Maya.

La veille, Maya avait heureusement songé à laisser une partie de son argent dans la chambre d'hôtel avant de partir en promenade. Mais maintenant, après avoir acheté un téléphone bon marché, elle ressortait du magasin sans un euro en poche. Sa banque devait lui faire parvenir une nouvelle carte de crédit et elle espérait que celle-ci arriverait à son hôtel vénitien avant qu'elle ne le quitte pour sa prochaine destination.

Car, après mûre réflexion, elle était à présent résolue à poursuivre son tour de l'Europe.

Étonnamment, c'était sa conversation avec Vito et son cousin qui l'avait décidée. Elle était peut-être seule, mais elle allait tout mettre en œuvre pour ne pas le rester.

Après tout, n'avait-elle pas décidé, quand elle était à Boston, de faire preuve d'un peu plus d'insouciance ? De s'inquiéter moins et de profiter plus ?

Sa chute n'était qu'un incident sans gravité et elle ne devait pas la considérer comme un signe négatif, ni un avertissement du destin.

La seule chose qu'elle pouvait se reprocher, c'était d'avoir bu trop de vin avant sa première balade en gondole. Mais si elle s'en était abstenue, elle n'aurait jamais rencontré Vito…

Son cœur s'emballa lorsqu'elle pensa à lui.

Elle était certaine de ne jamais le revoir. En revanche, elle ne l'oublierait pas de sitôt. Leur rencontre figurerait dans la liste des expériences mémorables vécues pendant ce voyage. Comme un échantillon de ce que sa vie aurait pu être si elle était née sous une meilleure étoile.

Encore que, d'une certaine façon, elle aurait préféré ne jamais le rencontrer. C'était tellement plus facile de ne pas savoir à côté de quoi on passait !

Elle soupira et glissa son nouveau téléphone dans sa poche, tout en continuant à songer à l'énigmatique et séduisant artiste qui hanterait assurément ses rêves au cours des années à venir.

Aussi crut-elle que son imagination lui jouait des tours quand elle l'aperçut sur le trottoir d'en face en sortant du magasin.

Elle ferma un instant les yeux et secoua la tête, avant de regarder à nouveau, juste pour être sûre de ne pas rêver.

Oui, c'était bien lui. Et il venait dans sa direction.

— Vito ?

— J'espérais bien vous trouver ici. Heureusement, c'est la seule boutique de téléphonie du quartier.

— Mais pourquoi ?

Il haussa les épaules.

— Sans doute parce qu'il n'y a pas assez de demande pour que ce genre de commerce soit rentable.

Son sourire en coin apprit à Maya qu'il avait délibérément mal interprété sa question.

— Si seulement les touristes prenaient l'habitude de faire tomber leur téléphone dans l'eau, comme moi ! s'exclama-t-elle sur le ton de la plaisanterie.

— Oui, ce serait mieux.

Il eut un petit rire et redevint sérieux.

— En fait, je me suis rendu compte après votre départ que vous ne m'aviez pas donné votre adresse à Boston.

— Mon adresse ?

— Oui. Pour que je puisse vous faire parvenir le dessin.

Maya tomba de haut. Quelle stupidité de sa part de penser qu'il l'avait suivie parce qu'il voulait lui parler, la revoir !

Encore qu'il aurait pu appeler l'hôtel pour avoir cette information…

Non, c'était ridicule !

L'explication la plus simple était souvent la bonne. Vito voulait son adresse pour lui envoyer le dessin, comme il le disait.

Inutile de chercher d'autres raisons à ces retrouvailles inattendues. Elle ne devait pas prendre ses désirs pour des réalités.

— Tenez !

Il lui tendit son téléphone.

— Vous pouvez saisir les renseignements dans ma liste de contacts.

Elle s'exécuta et lui rendit l'appareil, effleurant au passage ses doigts. Comme la veille, elle sentit un étrange courant électrique la traverser à ce contact.

L'effet que cet homme produisait sur elle était dévastateur.

Elle retira si vite sa main que Vito faillit faire tomber le téléphone avant de l'avoir empoigné.

— Vous m'accompagnez jusqu'à la *piazza* ? proposa-t-elle soudain sans réfléchir.

Quel mal y avait-il à ça, après tout ?

Elle ne voyait aucun inconvénient à profiter de sa présence quelques minutes de plus. C'était déjà bien assez pénible d'avoir à passer le reste de la journée toute seule.

Vito ne répondit pas tout de suite et Maya sentit son cœur se serrer.

Jamais elle n'aurait dû prendre le risque de poser cette question.

Maintenant, il était en train de réfléchir à une excuse pour refuser…

— Ce serait un honneur et un plaisir de marcher avec vous par un si bel après-midi, *cara*.

Vito commençait à se demander s'il n'avait pas perdu l'esprit. En quittant la galerie pour partir à la recherche de Maya, il était loin de s'imaginer qu'il allait encore passer du temps en sa compagnie.

Mais il était là. Et Maya semblait surprise tout à la fois par sa propre question et par la réponse qu'il lui avait faite.

Il aurait dû tout bonnement s'éclipser. Pourquoi ne l'avait-il pas fait ?

Il ne comprenait rien à ses propres réactions.

C'était probablement la faute de son cousin. Leo avait planté la graine, après tout.

Quelle qu'en soit la raison, il était trop tard pour faire machine arrière, aussi offrit-il son bras à Maya.

— Nous y allons ?

Sans hésiter, elle glissa le bras sous le sien.

Aussitôt, une intense chaleur se propagea jusqu'à son épaule et dans son dos.

Il ne s'attendait pas à ce qu'un contact aussi anodin provoque une telle réaction.

Et il n'aimait pas ça.

Pas du tout.

Remarquer ses qualités physiques et vouloir les immortaliser en tant qu'artiste était une chose. Cette réaction physique en était une autre.

C'est complètement ridicule de s'enthousiasmer pour si peu…

Maya s'exhorta à la raison et mit cette réaction sur le compte du soulagement.

Après tout, qui aurait envie de visiter seule l'une des plus belles villes d'Europe ? Grâce à Vito, son après-midi allait tout simplement devenir plus intéressant.

— Vous commencez par la *piazza*, c'est ça ? demanda-t-il.

— Oui. Je dois retrouver mon guide là-bas, mais j'ai encore quelques bonnes minutes devant moi.

Elle jeta un coup d'œil à sa montre bon marché. Elle en avait une beaucoup plus sophistiquée à la maison, avec un bracelet en or blanc et des saphirs incrustés autour du cadran, mais elle ne la porterait plus jamais. C'était un cadeau d'anniversaire de Matt.

Elle s'adressa une réprimande *in petto*. Il n'était pas question de penser à lui aujourd'hui. Ni pendant le reste du voyage, d'ailleurs.

— Parfait. Cela nous laissera le temps de profiter du cadre.

Une foule compacte se massait sur la place Saint-Marc. La file d'attente devant la basilique progressait lentement. Des dizaines de gondoles et d'autres types d'embarcations encombraient les canaux.

— Il y a un monde fou, commenta Maya.

— C'est assez commun pour un vendredi après-midi. Heureusement que vous avez réservé une visite guidée. C'est la seule façon d'éviter l'attente.

— Je le dois à ma grand-mère. Elle m'a vraiment fait le cadeau de mariage idéal.

Dommage que le mariage en question ait été annulé.

— Votre grand-mère doit avoir beaucoup d'affection pour vous.

Maya ne put retenir un sourire.

— Elle dit toujours que je suis sa préférée. Je ne suis pas certaine que ce soit vrai. Je pense qu'elle ressent simplement une affinité particulière avec moi.

— Ah bon ? Pourquoi cela ?

— Parce que nous avons perdu beaucoup toutes les deux quand mes parents sont décédés dans un accident. Elle a perdu un fils qu'elle adorait : mon père. Et moi, j'ai perdu toute ma famille.

— Vous êtes fille unique ?

Elle répondit par un hochement de tête.

— Mais j'ai grandi avec mes deux cousines et je les considère comme des sœurs. Mon oncle et ma tante m'ont prise chez eux après l'accident. Ils m'ont élevée. J'ai eu de la chance…

— Mais vos parents vous ont manqué.

La gorge soudain nouée, elle reprit son souffle avant de répondre.

— Je pense à eux tous les jours et leur absence me fait toujours autant souffrir.

Vito s'arrêta de marcher et se tourna vers elle.

— Le deuil est une chose bien complexe. Il n'est pas toujours facile de tourner la page et d'aller de l'avant.

Son intonation s'était faite distante, pensive. L'émotion avait assombri ses yeux. Et le chagrin aussi.

Pour Maya, il ne faisait aucun doute qu'il parlait par expérience.

Ils s'avancèrent sur la place.

Un jeune garçon qui poursuivait un pigeon, puis un autre, les frôla en riant aux éclats. Sa mère le suivait de près en le réprimandant sans succès. L'enfant faillit percuter un jeune couple bien habillé qui partageait une glace au chocolat.

— Vous avez perdu quelqu'un vous aussi, n'est-ce pas, Vito ?

Il avait le regard perdu au loin.

Voyant qu'il ne répondait pas, elle reprit :

— J'espère que vous ne me trouvez pas trop indiscrète ?

Il secoua la tête, avant de reporter son attention sur elle.

— Non, ça va. Je n'ai pas l'habitude qu'on me pose la question, c'est tout. Tout le monde ici connaît l'histoire. On n'en parle pas souvent.

Maya eut l'impression que c'était surtout parce qu'il avait l'art de décourager les questions.

Vito n'avait pas l'air du genre à trouver du réconfort en se confiant aux autres. Il était trop réservé pour ça. Trop stoïque.

Pourtant, elle avait envie de savoir.

— Vous ne voulez pas m'en parler ?

Le visage masculin était crispé par le chagrin.

— J'ai perdu ma femme il y a trois ans.

Cela confirmait ce que Maya avait lu en ligne.

Il était veuf.

La femme qu'il aimait était morte et, à en juger par son expression, il en était encore profondément meurtri.

En fin de compte, elle n'aurait pas dû insister. C'était comme si un rideau de fer virtuel venait d'être tiré entre eux. La chaleur et la camaraderie qu'ils avaient partagées en chemin s'étaient soudain dissipées.

Il lui adressa un bref signe de tête lorsqu'ils arrivèrent à l'endroit où elle devait retrouver son guide.

— Profitez bien de votre visite, *bella*.

Et sur ces mots, il tourna les talons et s'éloigna.

Sans même un au revoir.

Vito ignorait depuis combien de temps il était là, à observer Maya de loin.

Il essaya de se convaincre qu'il se montrait simplement consciencieux, s'assurant que le guide la rejoignait comme prévu.

Cependant, il ne put s'empêcher de remarquer qu'elle était, à l'exception de lui-même et d'un vieil homme qui lisait son journal, la seule personne à ne pas être accompagnée.

Et elle se dandinait d'un pied sur l'autre, au comble de la nervosité. En dépit de ce qu'elle avait prétendu un peu plus tôt à l'atelier, elle était embarrassée de se retrouver seule.

Mais en quoi cela le concernait-il ?

Vito se dit qu'il ferait mieux de regagner son atelier et de ne plus penser à elle. Le fait qu'il soit encore en train de tergiverser était entièrement la faute de Leo.

Il lui semblait entendre les paroles de son cousin résonner encore dans sa tête.

« Elle ne reste à Venise que quelques jours. En quoi est-ce une mauvaise idée de l'accompagner ? »

En apparence, la question était innocente. Il n'était pas utile de trop y réfléchir. Maya ne connaissait personne à Venise. Ils s'étaient rencontrés par hasard et avaient commencé à lier connaissance.

Peut-être même étaient-ils en passe de devenir amis… Et les amis ne devaient-ils pas s'entraider ?

Ce n'était rien d'autre que cela, voulut-il se convaincre tandis qu'il se remettait en marche vers l'endroit où se tenait Maya.

Elle sursauta quand il lui tapa l'épaule.

Le sourire avec lequel elle l'accueillit quand elle se retourna et le découvrit lui coupa le souffle.

Peut-être n'était-ce pas une si bonne idée que ça, finalement…

— Vito ? Vous êtes revenu !

Il ne mentait pas souvent, mais cela lui parut être la meilleure solution en la circonstance. Pour préserver sa fierté.

— Leo vient de m'appeler. Un rendez-vous que j'avais vient de s'annuler. Je me trouve libre pour l'après-midi.

Elle écarquilla les yeux de surprise. Et de joie.

— C'est vrai ?

Il hocha la tête.

— Puisque je suis ici, je me disais que je pourrais peut-être profiter de votre billet supplémentaire. Enfin, si ça ne vous ennuie pas…

Elle lui décocha un nouveau sourire, aussi lumineux qu'un matin vénitien.

— Pourquoi laisser se perdre un billet parfaitement valable ?

Il lui offrit son bras.

— Pourquoi, en effet ?

6

Cela ne cessait de le surprendre, cette expression émerveillée sur le visage des gens qui entraient pour la première fois dans la basilique Saint-Marc.

Maya ne faisait pas exception.

Elle était bouche bée depuis qu'elle avait franchi les portes. Elle le faisait penser à un jeune enfant découvrant les jouets déposés par le Père Noël au pied du sapin.

Mais c'était sa réaction à lui qui le surprenait. En la regardant s'émerveiller devant la majestueuse beauté qui les environnait, il sentait une plaisante chaleur envahir sa poitrine et lui réchauffer le cœur.

— C'est à couper le souffle, murmura-t-elle.

Elle se laissait absorber par ce qu'elle voyait avec une attention qui manquait à bien des touristes. Ils étaient en effet peu nombreux, ceux qui percevaient tout le génie architectural qui avait présidé à la construction des coupoles, mais aussi à la symbolique religieuse des mosaïques.

Maya, elle, paraissait comprendre que cet édifice était une œuvre d'art absolue.

Leur guide, un étudiant en beaux-arts échevelé

et longiligne, s'appelait Angelo. Tout en expliquant l'influence byzantine, puis le style gothique des ajouts faits au XIVe siècle, il ne cessait de jeter des regards nerveux en direction de Vito qui, de son côté, avait envie de lui conseiller de se détendre.

À l'évidence, il l'avait reconnu et se demandait pourquoi le célèbre Vito Rameri venait visiter la basilique Saint-Marc avec un jeune guide comme lui.

Si seulement il savait…

Tandis que Vito espérait un miracle, qui verrait par exemple la basilique se vider de tous ses visiteurs, à l'exception de Maya et de lui, la jeune Américaine soupira.

— Les photos qu'on voit dans les livres ne sont pas à la hauteur de la réalité. Je savais que les mosaïques étaient essentiellement constituées d'or, mais je n'imaginais pas que la surface couverte était aussi vaste. C'est tellement impressionnant ! Je comprends mieux, maintenant, pourquoi on l'appelle « la basilique d'Or ».

Angelo les interrompit d'un raclement de gorge qui manquait de subtilité.

— Nous continuons vers l'abside ?

Vito lui fit signe de passer devant et posa une main sur le coude de Maya.

Angelo ne bougea pas et releva le menton comme s'il rassemblait son courage pour parler.

Vito savait très bien ce qui allait suivre mais, hélas, il n'avait aucun moyen de s'y dérober.

C'était précisément pour ce genre de raison qu'il préférait rester chez lui.

Il laissa retomber sa main le long du corps en serrant le poing de colère et de frustration.

— Excusez-moi, demanda le jeune homme en italien. Vous êtes bien le *signor* Rameri ?

Vito hocha la tête, priant pour que les questions en restent là.

Pas de chance.

Angelo lui tendit la main, débordant soudain d'enthousiasme.

— C'est un grand honneur de vous rencontrer !

Vito n'eut d'autre choix que de serrer la main tendue.

— Merci.

Pendant ce temps, Maya les observait avec curiosité.

— Vous vous connaissez ?

Angelo eut un petit rire nerveux et s'exprima à nouveau en anglais, sans doute par politesse à l'égard de Maya.

— Tous ceux qui étudient l'art en Italie, ou même partout dans le monde, connaissent le *signor* Rameri.

— Mais bien sûr ! s'empressa de dire Maya. Que je suis bête !

— Si vous voulez bien continuer ? demanda Vito au jeune homme.

— Je ne m'attendais pas à vous servir de guide quand j'ai accepté ce job, déclara Angelo.

Vito haussa les épaules.

— La vie est pleine de surprises.

Et les surprises n'étaient pas toujours bonnes. Un jour, alors que tout allait bien, vous vous preniez un coup de massue sur la tête et votre existence si harmonieuse se transformait en chaos.

— Je savais que j'avais raison, continua Angelo.

Vito songea qu'il ferait mieux d'ignorer le commentaire, mais il ne put s'empêcher de demander :

— À propos de quoi ?

— À propos de ces rumeurs qui disent que vous avez pris votre retraite.

Vito eut envie de lui rétorquer que ça ne le regardait pas. La seule personne concernée par sa carrière n'était autre que lui-même. C'était déjà bien assez que son cousin ne cesse de remuer le couteau dans la plaie. Comme il l'avait dit un peu plus tôt à Leo, il se remettrait au travail quand il en aurait envie et qu'il se sentirait prêt.

— Votre retraite ? s'étonna Maya en le dévisageant.

Mais Angelo poursuivait, emporté par son enthousiasme.

— Moi, je suis persuadé du contraire. Et j'ai raison, puisque vous êtes ici. C'est pour chercher l'inspiration, non ?

Il semblait très satisfait de lui-même, comme s'il était un as de la déduction. Il n'avait pas idée de l'ineptie de sa théorie.

— La rumeur est le jouet du diable, commenta Vito d'un ton qu'il espérait suffisamment tranchant pour que le sujet en reste là.

Mais Angelo n'en avait pas terminé.

— C'est normal que vous ayez voulu faire une pause, après ce qui vous est arrivé. Mais je savais que ce n'était qu'une question de temps et que vous alliez vous remettre au travail.

Vito avait de plus en plus de mal à contenir son agacement.

À un moment ou un autre, son passé devenait toujours un sujet de conversation et il détestait cela.

Il aurait dû s'en douter.

Maya voyait bien la tension qui s'était emparée de Vito alors que leur guide n'en finissait pas de poser des questions indiscrètes.

La rigidité des épaules et du cou de Vito allait lui occasionner un monstrueux mal de tête s'il ne se détendait pas un peu.

Elle avait remarqué ses vains efforts pour empêcher Angelo de faire référence à son travail et à sa supposée retraite.

En tout cas, une chose était sûre : Vito n'avait rien produit depuis très longtemps.

C'était forcément lié à la mort de sa femme.

Pour couronner le tout, leur guide n'était pas le seul à avoir reconnu Vito. Tandis qu'ils faisaient le tour de la basilique, Maya avait vu plus d'une personne se retourner sur leur passage.

À présent, une jeune femme qui dessinait à proximité du chœur semblait sur le point de les aborder. Devinant son intention, Vito s'éloigna brusquement pendant qu'Angelo dissertait sur ce chef-d'œuvre du gothique surmonté de quatorze statues et d'une croix.

À présent que la visite s'achevait, Vito semblait impatient de sortir. Maya elle-même commençait à se sentir oppressée.

La foule s'était multipliée depuis leur arrivée et elle fut bientôt bousculée si violemment que Vito dut la rattraper pour l'aider à conserver son équilibre.

Elle décida d'ignorer le drôle de petit pincement au creux du ventre qu'elle ressentit quand il posa les mains autour de sa taille.

— Et maintenant, on continue vers le palais des

Doges, annonça Angelo dès qu'ils furent sortis. Suivez-moi !

— Ce ne sera pas nécessaire, répliqua Vito.

Angelo écarquilla les yeux.

— Pardon ?

Maya sentit son cœur se serrer.

Vito écourtait l'excursion. Il en avait assez.

Ça n'aurait pas dû l'étonner. Elle avait bien vu qu'il n'avait pris aucun plaisir à cette visite.

— Il est inutile que vous veniez avec nous, précisa Vito.

Une petite minute ! eut envie de protester Maya. Que Vito n'ait pas envie de poursuivre la visite, elle pouvait le comprendre. Mais de quel droit se permettait-il de renvoyer son guide ? La prestation faisait partie du programme.

— Je prends le relais à partir de maintenant, ajouta Vito. Mais je tiens à vous remercier…

Il plongea la main dans la poche arrière de son pantalon et en sortit un portefeuille de cuir.

Le jeune homme paraissait toujours éberlué, mais il se ressaisit vite en voyant les billets qu'on lui offrait.

Maya attendit qu'il soit hors de portée pour s'adresser à Vito.

— Je peux vous demander ce que vous venez de faire ?

Il inclina la tête.

— Veuillez m'excuser. J'aurais dû vous demander votre avis avant.

— Mais vous ne l'avez pas fait.

Elle n'en était pas réellement chagrinée, mais elle aurait apprécié d'être consultée sur cette décision.

— Je peux le rattraper et lui demander de revenir, si vous voulez.

Mais tandis qu'il faisait cette proposition, son expression en disait long sur le fait qu'il trouvait l'idée détestable.

Maya fit non de la tête.

— J'aimerais simplement savoir pourquoi vous l'avez renvoyé.

— Une visite guidée est tellement plate, tellement ennuyeuse… Tout ce que nous a raconté Angelo, vous auriez pu le lire dans n'importe quel livre d'histoire de l'art.

— Et je suppose que vous pouvez rendre le reste de l'excursion plus passionnant ?

Il porta une main à son cœur, l'air offensé.

— Vous me blessez. Je pense que je peux m'en sortir un petit peu mieux qu'un étudiant en beaux-arts.

Cela signifiait-il qu'il entendait lui faire visiter Venise ? C'est-à-dire passer du temps avec elle ?

Était-il possible qu'il ait renvoyé Angelo parce qu'il voulait se retrouver seul avec elle ?

Elle refoula cette pensée ridicule.

Bien sûr que non !

Elle essayait juste de trouver un moyen de reconstruire sa fierté brisée après avoir été trompée par son fiancé.

En parlant de ça, c'était assez révélateur qu'elle n'ait pas pensé à Matt durant tout ce temps.

Il aurait dû lui manquer davantage. Elle aurait dû regretter qu'il ne soit pas là avec elle…

Mais cette pensée ne lui avait même pas effleuré l'esprit.

Cela en disait long sur son aptitude à choisir un partenaire de vie !

À moins que cela n'ait quelque chose à voir avec l'homme qui lui souriait sur le parvis de la basilique…

Vito Rameri était à coup sûr le genre d'homme qui pouvait aider une fille à oublier tous les autres.

— Eh bien, allons-y, *signor* Rameri ! Montrez-moi si vos actes sont à la hauteur de vos paroles.

Moqueur, il haussa un sourcil.

— C'est vous qui l'aurez voulu.

Maya répondit par un éclat de rire.

Bordant l'entrée du Grand Canal, l'ancienne résidence des doges de Venise, chef-d'œuvre de l'architecture gothique et Renaissance, était aussi époustouflante que la basilique, avec ses plafonds et ses murs peints.

Maya ne savait plus où regarder. C'était comme si l'histoire avait soudain pris vie autour d'elle.

Sans qu'elle ait besoin de le vérifier, elle savait que le regard de Vito était posé sur elle.

N'avait-elle pas une chance inouïe de visiter ces endroits avec un véritable enfant du pays, qui savait exactement comment apprécier la beauté et les siècles d'histoire qui les entouraient ?

Mais elle devait avoir l'honnêteté de reconnaître que ce n'était pas la seule raison de son enthousiasme. Quelle femme n'aurait pas apprécié la présence à ses côtés d'un homme aussi beau ?

— Eh bien, demanda-t-elle, que pouvez-vous me dire de ces peintures ?

— Mais voyons, *cara*, ne comprenez-vous pas que c'est à vous de m'en parler ?

Elle se tourna vers lui, surprise.

— Je ne comprends pas.

— Dites-moi ce que vous voyez !

Il tendit la main vers elle et Maya aurait pu jurer que son sang s'arrêtait de couler dans ses veines quand il posa un doigt sur sa tempe.

— Que voyez-vous là ? murmura-t-il.

Sa main glissa le long de son cou, puis vers la région de son cœur.

— Et là ? dit-il encore.

Et sa voix était comme une caresse…

Deux heures plus tard, ils ressortaient à l'air libre.

La visite du palais avait duré plus longtemps que prévu, mais elle ne le regrettait pas. Entre les œuvres des grands peintres du XVIe siècle qu'étaient Véronèse et Le Tintoret, l'impressionnant escalier d'or et les scènes peintes au plafond, ce lieu était un enchantement visuel.

— Il y a autre chose que vous devez voir, décida Vito.

Quelques instants plus tard, ils se trouvaient sur un pont surplombant le canal qui séparait le palais des Doges et la Nouvelle Prison, et observaient un autre pont, entièrement fermé.

Maya le reconnut immédiatement.

— C'est le pont des Soupirs !

— Un autre chef-d'œuvre de l'architecture vénitienne, expliqua Vito. De style baroque, il a été construit en marbre et en pierre d'Istrie. Comme vous le voyez, ses seules ouvertures sont ces fenêtres grillagées en pierre. Elles sont présentes sur les deux faces de l'ouvrage.

— Elles sont tellement petites ! Pourquoi avoir pris la peine d'en mettre ?

— Pour que les prisonniers puissent porter un dernier regard sur Venise avant leur incarcération. Et le pont est constitué, à l'intérieur, d'un double couloir, ce qui fait que ceux qui se présentaient devant les juges et ceux qui allaient en cellule ne pouvaient jamais se croiser.

Maya ne put réprimer un frisson.

— Je ressens une drôle d'impression. Comme si le pont et la prison abritaient les fantômes de ces malheureux prisonniers.

— Allons, il ne faut pas y voir seulement de la tristesse.

— C'est difficile de s'en empêcher.

— Ah, mais tout n'est pas que mélancolie et désespoir. Il existe aussi une légende romantique attachée à ce pont.

— Vraiment ? J'aimerais la connaître.

— Eh bien, lorsqu'un ensemble de circonstances précises sont réunies, un couple qui s'embrasse sous le pont des Soupirs est promis à une vie entière d'amour et de bonheur.

Intriguée, Maya haussa les sourcils.

— Quelles sont ces circonstances ?

— C'est là que se trouve la difficulté. Il est hautement improbable que toutes les conditions soient rassemblées. Et pourtant, j'ai entendu dire que c'était arrivé.

— Ah bon ? Alors, que faut-il ?

— Eh bien, il faut que le couple passe sous le pont au coucher du soleil et que les cloches de Saint-Marc se mettent à sonner en cet instant précis. Si c'est le cas, un amour éternel leur sera accordé.

— Cela ne doit pas arriver souvent...

Vito hocha la tête.

— Cela n'empêche pas les couples d'essayer.

Comme un fait exprès, une gondole glissait justement sous le pont. Le couple qui se trouvait à bord s'embrassa passionnément.

— Ils doivent connaître la légende, remarqua Maya.

— À l'évidence.

— Mais je n'entends pas de cloches. Et il fait encore jour.

Toutefois, Maya n'était pas sûre que ce soit important. Le couple semblait vivre le plus beau moment de sa vie.

Connaîtrait-elle cela un jour ? Elle réalisait à présent qu'en tout cas elle n'avait rien vécu de tel avec Matt.

Finalement, il lui avait rendu un immense service en se dévoilant avant qu'elle ne prenne son nom. Aurait-elle eu le courage de le quitter une fois mariée ? Ou une fois devenue mère ?

Son regard se posa sur l'homme qui l'accompagnait et elle se surprit à le comparer à Matt. Là où Vito semblait avoir réussi par lui-même, Matt n'avait jamais fait mystère de s'être appuyé sur les relations professionnelles de son père pour arriver là où il était. D'ailleurs, c'était probablement pour parfaire le tableau qu'il avait cherché à se doter d'une épouse attentionnée.

À l'inverse, Vito devait s'être construit tout seul. Ce qu'il avait accompli, il ne le devait qu'à lui-même. Les artistes ne pouvaient pas faire jouer leurs relations. Ils avaient du talent ou ils n'en avaient pas.

Vito paraissait profondément plongé dans ses réflexions, lui aussi. Des rides soucieuses creusaient son front, et ses lèvres étaient pincées.

Pour Maya, il ne faisait aucun doute qu'il pensait à sa femme.

À quoi ressemblait celle-ci ? Pour attirer l'attention de quelqu'un comme Vito Rameri, elle avait dû être extraordinaire.

Vito ignorait combien de temps ils avaient passé à regarder en silence les gondoles circuler sous le pont quand tout à coup, comme dans un tableau représentant une scène d'orage, le ciel se para d'un camaïeu de gris.

Des nuages, dont il aurait pu jurer qu'ils n'étaient pas là quelques secondes plus tôt, libérèrent soudain un torrent de pluie.

Autour d'eux, les touristes se mirent à crier et à courir en tous sens pour trouver un abri.

La réaction de Maya fut toute différente. Elle se mit à rire à gorge déployée.

Il la saisit par le coude et la guida sous le vaste auvent d'un stand de fleurs.

— Qu'y a-t-il de si drôle ? demanda-t-il alors.

— Oh ! je me demandais simplement si j'étais victime d'une malédiction qui me condamnait à être trempée tous les deux jours et que vous en soyez à chaque fois le témoin.

Il rit à son tour.

— Vous savez, j'y ai pensé aussi.

— Des fleurs pour la jolie dame ? demanda le vendeur ambulant.

Vito n'hésita pas. Il désigna un bouquet de roses, d'une délicate nuance crème frangée de rose pale.

Maya ne dit rien, mais elle rougit, d'une façon qu'il trouva charmante.

— Elles sont magnifiques, murmura-t-elle quand il les lui tendit. Merci, Vito.

Il n'avait pas oublié la dernière fois qu'il avait offert des fleurs à une femme. Comment l'aurait-il pu ?

Cela remontait à une éternité, mais le souvenir était aussi vivace qu'au premier jour.

Marina et lui s'étaient violemment disputés – une fois de plus. Marina lui avait arraché le bouquet des mains et l'avait jeté à la poubelle.

Sa voix, vibrante de colère et de mépris, résonnait encore dans sa tête.

« Crois-tu qu'un geste aussi banal puisse compenser la façon dont tu m'ignores depuis des semaines ? »

Vito s'efforça de ne plus y penser. À quoi bon évoquer ce souvenir maintenant ?

Il aurait tout le temps de le faire plus tard, quand il serait seul. Quand il serait assis à la table ronde de l'appartement qu'il occupait au-dessus de l'atelier, à fixer le vide en songeant à la façon dont sa vie avait tourné au cauchemar.

Son regard se posa sur Maya, qui respirait son bouquet. Une mèche s'était échappée de sa queue-de-cheval. Ses yeux incroyablement expressifs pétillaient de joie.

Peut-être était-ce l'artiste en lui, mais il avait l'impression qu'une aura l'entourait, emplie de lumière et de rires.

En tout cas, elle avait de nouveau fait entrer la joie et l'insouciance dans sa vie.

Dommage que cela ne soit que temporaire.

— Je crois que je ferais bien de retourner à mon hôtel, dit la jeune femme, interrompant ses pensées.

Il ne pouvait pas la laisser marcher ou prendre un bateau dans l'état où elle était.

— Mon atelier est tout près, *cara*. Je vous propose d'aller vous y sécher… une fois de plus.

Sans lui laisser le temps de protester, il lui prit la main et l'entraîna vers l'atelier.

— J'ai une curieuse impression de déjà-vu, déclara Maya tout en essorant ses cheveux dans une serviette. Sauf que cette fois, jc suis beaucoup plus sobre.

Alors pourquoi avait-elle la tête qui tournait ?

L'après-midi s'était considérablement assombri. Des ombres donnaient aux traits de Vito un air mystérieux, voire dangereux, qui provoquait un petit frisson dans le dos de Maya.

Il lui tendit une deuxième serviette qu'il avait sortie d'un placard intégré dans le mur. Elle l'accepta avec reconnaissance.

— Je peux vous proposer un café pour vous réchauffer ? demanda-t-il. Vous avez l'air aussi gelée qu'un glaçon.

Il pointa du doigt le plafond.

— J'ai une machine à expresso dans mon appartement, à l'étage.

Était-ce une invitation ?

Sa question suivante la mit en demeure de prendre une décision.

— Vous êtes la bienvenue chez moi, naturellement. Mais si vous préférez, je peux aussi vous descendre une tasse ici ?

La balle était dans son camp. Que devait-elle faire ?

Elle n'avait pas envie d'attendre toute seule dans l'atelier. Et elle avait déjà passé du temps avec Vito.

Même si elle ne le connaissait pas très bien, elle avait l'impression très nette qu'elle pouvait lui faire confiance.

— Je vais venir vous aider à préparer les cafés à l'étage, Vito.

Elle n'avait pas réalisé qu'il retenait son souffle, jusqu'à ce qu'elle voie ses épaules se détendre.

Qu'est-ce que cela voulait dire ?

Probablement rien. Voilà qu'elle recommençait à chercher des signes partout.

— Juste une chose, dit-elle.

— Quoi ?

Elle tira sur le col de sa robe trempée.

— Vous auriez une autre tenue à me prêter ?

Vito regardait Maya siroter son café crème, assise dans la cuisine, petite mais confortable, comme s'il s'agissait d'un nectar concocté par les dieux.

Ses cheveux humides étaient plaqués autour de ses joues roses et la blouse de peintre informe qu'il lui avait donnée dissimulait sa ravissante silhouette.

Et pourtant, il la trouvait incroyablement belle.

Il s'exhorta à ignorer l'attirance qu'elle lui inspirait. Dans quelques jours, cette femme aurait quitté l'Italie et serait sortie de sa vie.

De toute façon, même si elle était restée de façon permanente, ça n'aurait rien changé.

Il n'était pas à un stade où il pouvait entamer une relation.

Même de courte durée.

Il devait d'abord remettre de l'ordre dans sa vie. Il traînait un trop lourd bagage. Il avait trop de travail à faire sur lui-même pour comprendre comment il avait pu laisser tomber aussi tragiquement la femme qu'il avait épousée.

Idem pour Maya.

Elle était en train de rafistoler tant bien que mal son cœur brisé. Elle n'avait pas besoin qu'il vienne tout compliquer en lui proposant une aventure sans lendemain.

Vito tiqua en constatant la direction que prenaient ses réflexions. Il n'aurait même pas dû penser à ça.

Que lui arrivait-il ? Était-il à ce point en manque de compagnie féminine ?

Il devait se ressaisir.

— Eh bien, je crois que je me suis enfin réchauffée, déclara Maya en reposant sa tasse. Merci encore pour votre gentillesse, Vito. Si jamais vous venez un jour à Boston, je n'oublierai pas que j'ai une dette envers vous.

— Comptez sur moi pour vous le rappeler, si jamais je viens, répliqua Vito par pure politesse.

Il n'avait aucun désir de quitter l'Europe à ce stade de sa vie.

Si seulement il avait pu tempérer ses envies de voyager avant que Marina ne se lasse de ses absences !

À vrai dire, il ne s'était pas seulement éloigné d'elle physiquement, il l'avait fait en pensée aussi. Sa seule excuse était qu'il avait besoin de solitude et de distance pour créer.

Il s'obligea à refouler ces pensées inutiles.

— Et alors, qu'avez-vous prévu pour demain ? demanda-t-il, essayant de changer de sujet, avant que Maya n'insiste pour savoir s'il y avait une possibilité qu'il vienne aux États-Unis.

Elle joignit les mains devant elle.

— Je vais visiter un atelier de souffleur de verre. J'ai hâte. Ce doit être passionnant.

— Et le soir ?

L'enthousiasme de Maya retomba aussitôt.

— Oh ! le soir…, murmura-t-elle.

Elle avait baissé les yeux, et sa bouche était affectée par un pli amer, qu'elle essaya de remplacer par un sourire. Sans grand succès.

Vito n'eut aucun mal à deviner que la soirée comportait une autre activité romantique faite pour deux.

— Qu'est-ce qui était prévu à l'origine ? demanda-t-il.

— Une chose que je n'aurais manquée pour rien au monde si les circonstances avaient été différentes, répondit-elle en soupirant.

Devant sa détresse, Vito ne put s'empêcher de lui prendre la main.

— Expliquez-moi ça, *cara*.

— Eh bien, c'est un dîner croisière le long du grand canal, avec champagne et spécialités italiennes. C'était ce qui m'a fait le plus envie quand j'ai découvert le programme.

Vito lui pressa la main.

— Votre fiancé est un idiot, affirma-t-il avec un peu plus de véhémence qu'il n'en avait l'intention.

— Je ne vous le fais pas dire.

Elle fit un effort pour se ressaisir.

— En tout cas, je n'ai pas l'intention de passer à côté de cette soirée. Je pensais demander à l'hôtel de me trouver une autre touriste pour m'accompagner…

Elle s'empressa de préciser :

— C'est juste histoire de ne pas gâcher un billet. Mais ça ne m'ennuie pas du tout d'y aller seule.

Vito trouvait qu'elle le répétait un peu trop pour que ce soit vrai, mais il garda ce commentaire pour lui.

— Je vois que vous êtes décidée à profiter pleinement de votre séjour.

— Oui.

Elle eut un petit haussement d'épaules.

— Ce n'est pas exactement ce que j'avais imaginé, mais ça reste l'expérience d'une vie.

Vito était certain de ne pas imaginer les larmes contenues qui faisaient soudain briller ses yeux. Toutefois, il ne voulut pas examiner de trop près le sentiment que cette peine lui inspirait, mélange de compassion envers Maya et de colère à l'encontre de son fiancé.

— Je suis désolé pour vous, *bella*, dit-il d'une voix douce.

Il s'en voulut aussitôt. Quelque chose lui soufflait que Maya n'aimait pas qu'on la prenne en pitié.

Sa réponse lui confirma cette intuition.

— Oh ! ne dites pas ça ! Je sais que j'ai de la chance, malgré tout. Combien de gens peuvent se vanter d'avoir dîné à bord d'un bateau de luxe voguant sur les eaux vénitiennes ? Je vais y aller, et je refuse de laisser quoi que ce soit me gâcher cette expérience.

Cette femme était vraiment extraordinaire. Quelle autre aurait envisagé d'aussi bonne grâce la perspective de se rendre seule, ou en compagnie d'une inconnue, à un dîner croisière romantique ?

— J'ai une confession à vous faire, lança-t-elle soudain sur un ton de conspirateur.

— Quoi donc ?

— Vous voyez, j'ai pris une sorte de résolution avant de quitter Boston.

Ces mots piquèrent la curiosité de Vito.

— De quoi s'agit-il ?

— J'ai décidé que j'allais arrêter de choisir la solution de facilité, le chemin le plus sûr.

Il cilla, perplexe.

— Et quel est le rapport avec ce dîner croisière ?

— Vous ne voyez pas ? Ce serait tellement facile de ne pas y aller et de rester à me morfondre dans ma chambre d'hôtel ! Il y a encore quelques semaines, je vous aurais dit que c'était la solution la plus raisonnable. Mais j'en ai assez d'être raisonnable. Même si je me retrouve seule à une table pour deux, décorée de bougies et de fleurs, j'ai bien l'intention d'y aller.

Vito ne put s'empêcher de se demander qui, de lui ou d'elle-même, Maya essayait de convaincre.

— Cette résolution autorise-t-elle la présence d'un ami ?

Elle haussa les sourcils.

— Que voulez-vous dire ?

Il aurait été incapable de répondre à cette question. Tout ce qu'il savait, c'était qu'il ne pouvait pas supporter la déception qui assombrissait les yeux de la jeune femme, en dépit de sa volonté affichée de se montrer audacieuse et déterminée.

— Je me demandais si vous seriez disposée à accepter un coéquipier pour cette expérience.

La perplexité de Maya s'accentua.

— Écoutez, je ne veux pas me ridiculiser en tirant des conclusions erronées de votre proposition. Pouvez-vous préciser votre pensée ?

Il lui adressa un petit sourire.

— Eh bien, *cara*, j'étais en train de me dire que cela faisait très longtemps que je n'avais pas eu l'occasion de profiter d'un excellent dîner, tout en admirant les merveilles architecturales de Venise depuis un bateau de croisière.

7

Elle avait eu un peu peur qu'il ne vienne pas.

Même si elle avait apprécié sa visite à l'atelier de souffleur de verre et la séance shopping qui l'avait suivie, Maya n'avait pu s'empêcher de penser à la soirée à venir.

Mais il était là.

Et il était incroyablement séduisant.

Dans son costume noir parfaitement coupé et ses Richelieu d'un grand chausseur italien, Vito Rameri faisait se retourner toutes les femmes sur son passage.

Ou peut-être Maya projetait-elle sa propre réaction sur les autres…

Elle le regarda s'approcher tandis qu'elle attendait de monter à bord.

Il ne portait pas les cheveux gominés en arrière, comme le jour de leur rencontre fortuite. Il ne s'était pas rasé non plus et arborait un début de barbe qui lui donnait un charme fou.

Elle avait l'impression de voir l'un de ses rêves prendre vie.

Qui aurait pu penser qu'elle finirait par remercier sa bonne étoile d'être tombée dans le canal ?

Il s'arrêta près d'elle et une entêtante odeur de santal l'enveloppa.

Elle dut prendre sur elle pour ne pas se pencher et inspirer profondément cette fascinante fragrance masculine.

— *Bellissima*, commenta-t-il après l'avoir observée de la tête aux pieds.

— *Grazie*, répondit-elle avec un petit hochement de tête. Vous n'êtes pas trop mal non plus, *signor* Rameri.

Il lui tendit le bras.

— Nous y allons ?

Quelques instants plus tard, ils observaient les lumières de Venise, debout sur le pont d'un galion.

Impressionnée par les trois ponts, les cinq mats et les différentes sculptures ornant la proue, Maya avait envie de se pincer pour y croire.

Tout cela était-il bien réel ?

Comment s'était-elle retrouvée dans un environnement aussi exceptionnel avec pour compagnon un homme aussi charismatique ?

— Cette vue ne ressemble à rien de ce que j'ai pu imaginer, dit-elle. C'est un enchantement.

— En effet.

Le cœur de Maya s'emballa quand elle réalisa qu'il la regardait en prononçant ces mots.

Si seulement elle possédait une baguette magique et pouvait faire de cette parenthèse idyllique une réalité permanente !

Mais ce n'était qu'un joli rêve, un moment féerique qui ne se produisait qu'une fois dans une vie.

Même s'ils avaient vécu sur le même continent, Vito

était un homme en proie à des démons qui l'empêchaient d'envisager une vie de couple durable.

Un serveur apparut avec des verres de vin d'un somptueux rouge rubis.

— *Valpolicella*, annonça-t-il.

Ils soulevèrent leurs verres et Vito porta un toast.

— À une élégante soirée avec une nouvelle amie.

Maya se sentit légèrement déçue.

Si elle avait eu le moindre espoir que Vito ait des idées romantiques derrière la tête, ces derniers mots l'avaient brutalement ramenée à la froide réalité.

Elle choisit de ne pas s'y attarder.

Rien ne viendrait lui gâcher sa soirée.

Si elle avait envie de prétendre pendant quelques heures qu'il s'agissait d'un *vrai* rendez-vous amoureux avec son *vrai* fiancé, où était le mal ?

Ce serait son secret.

Vito n'avait pas besoin de le savoir.

Ils entrechoquèrent délicatement leurs verres et Maya but une gorgée.

Une riche saveur fruitée explosa dans sa bouche.

— Oh ! ce vin est vraiment délicieux.

Une lueur amusée passa dans le regard de Vito.

— Dites-moi, est-il aussi bon que celui que vous avez bu dans votre chambre d'hôtel, juste avant votre balade en gondole ?

— Pour être honnête, je dois vous avouer que je ne m'en souviens pas vraiment. Je n'ai pas pris le temps de le savourer. Je voulais l'avaler le plus vite possible pour ne plus penser à rien.

— Eh bien, il faudra veiller ce soir à profiter de chaque goutte de ce nectar.

— J'en ai bien l'intention. Je vais le boire le plus lentement possible.

Il hocha la tête avec un sourire.

— C'est toujours ainsi qu'il faut déguster le vin.

Alors qu'elle portait à nouveau le verre à ses lèvres, un mouvement du bateau fit jaillir un peu de vin hors du verre. Elle parvint à ne pas tacher sa robe, mais une goutte atterrit sur sa joue.

Vito eut un petit rire et sortit un mouchoir de sa poche.

— Laissez-moi faire.

Il lui tamponna la joue avec le mouchoir et son visage se retrouva dangereusement proche du sien. Peu à peu, le geste se transforma en une caresse le long de sa mâchoire.

— Vito ?

Elle savait qu'elle avait été la première à tendre ses lèvres, mais il répondit sans une hésitation.

Tandis que la bouche de Vito s'écrasait sur la sienne, elle sentit une main glisser dans le creux de son dos.

Au contact de sa langue, elle eut l'impression que chaque cellule de son corps était soumise à une onde de choc.

Il avait un goût de vin et de menthe. La chaleur de sa paume se diffusait à travers l'étoffe de la robe et elle avait l'impression que tout son corps était en feu.

Avait-elle déjà ressenti cela quand Matt l'embrassait ?

Elle n'eut pas à réfléchir longtemps pour connaître la réponse.

Avec Matt, il n'y avait jamais eu la moindre étincelle.

Il est vrai qu'elle ne cherchait pas nécessairement la passion avec lui, mais plutôt un statut d'épouse et de mère, et aussi un foyer bien à elle, un endroit où elle se sentirait à sa place et aurait l'impression d'exister vraiment.

En outre, elle n'avait pas de point de comparaison. Avant de rencontrer Vito, elle ne savait pas que ça pouvait être comme ça.

Seigneur ! Dans quel pétrin s'était-elle fourrée ?

Rappelée à la réalité, elle s'écarta et tenta de se ressaisir. Elle n'avait qu'à prendre cette expérience pour ce qu'elle était : une soirée enchanteresse, qui lui avait ouvert les yeux sur ce que pouvait être la vraie passion.

Aussi temporaire fût-elle.

Un silence gêné s'était installé entre eux tandis qu'ils voguaient sur la lagune.

La silhouette éclairée du palais des Doges et de la basilique Saint-Marc, qu'ils avaient visités la veille, se détachait dans le ciel vénitien, prenant une allure encore plus majestueuse.

— Il n'est pas difficile de comprendre pourquoi une cité comme celle-ci inspire autant les artistes, commenta Maya.

Elle sentit que Vito tournait la tête vers elle, mais ne put se résoudre à détacher les yeux des lumières de la ville.

— Vous avez un sens de l'observation peu commun, dit-il. En avez-vous conscience ?

— Vous me l'avez déjà dit durant notre visite du palais des Doges et de la basilique Saint-Marc. Vous avez même ajouté que j'avais un bon œil.

— Je l'ai dit, c'est vrai. Et il se trouve que c'est la vérité.

— Eh bien, je le prends comme un compliment.

Elle inclina légèrement la tête.

— Merci, cher monsieur.

— Je vous en prie. Et c'est vraiment un compliment. Tant de gens traversent la vie sans apprécier ou même remarquer la beauté qui les entoure ! Vous n'êtes absolument pas ce genre de personne.

— Je suis contente que vous le pensiez.

Mais ce talent que Vito tenait tant à souligner ne lui servait pas à grand-chose, n'est-ce pas ?

Elle était coincée dans un emploi sans perspective d'évolution et sa vie personnelle était en lambeaux.

Elle aurait cent fois préféré posséder le don de reconnaître les menteurs et les tricheurs avant d'accepter leur demande en mariage.

Songeant qu'elle n'avait toujours pas averti sa famille de la rupture de ses fiançailles, elle s'aperçut qu'elle était moins triste qu'en colère contre Matt.

Comment avait-il osé la mettre en position de devoir décevoir ses proches ? Elle avait déployé tellement d'efforts tout au long de sa vie pour éviter cela !

— Vous ruminez, remarqua Matt.

Maya balaya aussitôt ses sombres pensées.

Elle refusait que Matt ne vienne perturber une minute de plus cette merveilleuse soirée. De toute façon, ses sentiments pour lui se fondaient dans un lointain brouillard, comme le souvenir presque effacé d'une erreur ancienne.

Elle adressa un large sourire à Vito.

— C'est fini.

La lune apparut, dévoilée par un nuage filant, et un rai de lumière argentée balaya la surface de l'eau.

— Racontez-moi un peu ce que vous faites à Boston, *cara*. Je me rends compte que nous n'avons jamais parlé de la façon dont vous passez vos journées. Je suppose que vous travaillez…

Maya n'avait pas envie de répondre à cette question. Elle avait encore le goût des lèvres de Vito sur les siennes et c'était sur cela qu'elle voulait se concentrer.

Et aussi sur la possibilité qu'il l'embrasse à nouveau avant la fin de la soirée…

Non, elle n'avait aucune envie de penser à son quotidien si ordinaire et si affligeant.

Ce soir, elle vivait un rêve. Elle se sentait princesse.

Et une princesse ne passait pas ses journées derrière un bureau dans l'entreprise de plomberie de son oncle.

Vito venait de s'apercevoir que Maya lui inspirait une vraie curiosité.

La première impression qu'il avait eue d'elle, celle d'une pitoyable future mariée abandonnée à quelques jours de la cérémonie, s'était effacée, et il voyait à présent quelle femme dynamique et fascinante elle était en réalité.

Cela lui donnait envie d'en apprendre plus.

— Alors, dans quel domaine travaillez-vous ? insista-t-il.

— À votre avis ?

— Vous voulez jouer aux devinettes ?

— Voyons comment vous vous en sortez.

Vito se massa le menton, réfléchissant au genre de carrière dans laquelle il la voyait.

— Eh bien, je me souviens d'avoir lu un article disant que les cinéastes adorent Boston. Il me semble que plusieurs succès récents du box-office y ont été tournés. Est-ce que vous travaillez dans l'industrie du cinéma ?

Maya secoua la tête.

— Très bien…

Il s'accorda quelques secondes de réflexion.

— Je sais aussi que plusieurs agences de publicité internationales ont leurs bureaux à Boston. Vous travaillez peut-être pour l'une d'elles ? Vous concevez des campagnes publicitaires ?

Elle grimaça un sourire, qui n'était pas sans évoquer une certaine contrition.

— Ce que je fais est loin d'être aussi passionnant, je le crains.

Elle but une gorgée de vin et laissa échapper un profond soupir.

— Je m'occupe de la comptabilité d'une entreprise que dirige mon oncle. Une entreprise de plomberie.

Cette réponse le surprit totalement. Comment cette femme-là pouvait-elle passer ses journées penchée sur des chiffres dans un bureau ? Elle ne semblait absolument pas faite pour cela. Elle ne donnait pas l'impression de pouvoir rester assise très longtemps.

Il se reprit cependant. Après tout, qu'en savait-il ?

Combien de fois devrait-il se faire la remarque qu'ils ne s'étaient rencontrés que deux jours plus tôt ?

— J'ai l'impression que cette activité ne vous enthousiasme pas beaucoup.

— Je ne suis pas la seule à être observatrice, on dirait.

— Pourquoi faites-vous ça, alors ?

Maya n'eut pas le loisir de répondre, car le maître d'hôtel venait les chercher. Ils le suivirent jusqu'à une table superbement dressée près de la baie vitrée.

En découvrant la nappe blanche, les verres en cristal, l'argenterie, les bougies et les fleurs, Maya poussa un petit cri de surprise et de plaisir qui enchanta Vito.

Quand il lui avait proposé de l'accompagner, il s'était senti pris entre deux feux. La déception de Maya était si manifeste quand elle avait évoqué la possibilité de passer à côté de cette croisière qu'un mélange complexe d'émotions l'avait envahi alors.

Certes, il n'était pas bon de compliquer les choses en passant trop de temps en compagnie de cette femme. Toutefois, en la voyant boire son vin sur le pont et en découvrant maintenant sa réaction à la vue de la table, il n'avait plus aucun doute.

Il avait bien fait de venir avec elle.

En tout cas, il éprouvait le sentiment d'avoir accompli quelque chose de juste.

Profitant de l'éclairage plus intense de la salle à manger, Vito s'autorisa à détailler la tenue de Maya.

Elle portait une robe de satin rouge très simple, mais dont l'effet sur elle était loin d'être simple. L'étoffe délicate moulait ses courbes féminines et sublimait sa silhouette. La couleur lumineuse mettait en valeur son teint mat et ses cheveux bruns, qu'elle avait relevés en chignon. Il eut envie de les dénouer pour plonger les doigts dans les boucles épaisses et soyeuses.

— Je sais que je n'arrête pas de le répéter, mais c'est vraiment magnifique.

Vous aussi, vous êtes magnifique.

Vito se mordit la langue pour ne pas prononcer ces mots à haute voix. Il savait que les compliments faciles faisaient parfois plus de mal que de bien.

Un serveur vint leur apporter l'entrée : un plat de spaghettis aux palourdes.

— J'ai l'impression que je vais consommer beaucoup de calories en Italie, remarqua Maya. Il va falloir que je marche des kilomètres chaque jour pour compenser. Sinon, ce seront mes hanches qui paieront.

— Vous n'avez aucun souci à vous faire pour ça, *cara.* Vos hanches sont très bien... Et tout le reste aussi.

Pourquoi avait-il dit ça ? Alors qu'il venait juste de se mettre en garde contre ce genre de commentaires !

Les joues de Maya prirent une couleur proche de celle de sa robe. Heureusement, le sommelier apparut à cet instant pour leur resservir du vin.

Lorsqu'ils furent à nouveau seuls, Vito relança la conversation, soucieux de faire oublier l'incongruité de ses paroles précédentes.

— Vous ne m'avez toujours pas dit pourquoi vous continuez à travailler dans un emploi qui vous rend malheureuse.

Maya soupira.

— J'ai étudié la comptabilité pour pouvoir aider mon oncle.

— Il n'avait pas de comptable ?

Elle hocha la tête.

— Au début, si, mais il volait dans la caisse. Le temps que ses malversations soient découvertes, ce malfrat avait disparu et la police n'a jamais pu l'arrêter.

Il avait falsifié les registres et détourné de grosses sommes d'argent.

— Je vois.

— Après cela, mon oncle n'a plus fait confiance à personne. Il a voulu s'occuper lui-même de la comptabilité, tout en continuant à faire tourner l'entreprise, mais cette responsabilité supplémentaire l'épuisait. Il travaillait sans répit.

— Vous avez donc eu l'idée de lui fournir une comptable à laquelle il pouvait se fier.

— C'est exact. J'ai voulu lui rendre la vie plus facile.

— C'est admirable de votre part.

Maya haussa les épaules.

— Mon oncle a fait beaucoup pour moi. Il m'a recueillie chez lui après le décès de mes parents et je n'ai été privée de rien.

— C'est le rôle de la famille, non ?

Elle se mordit la lèvre.

— Peut-être, mais rien ne l'y obligeait. Il aurait pu aussi me confier à l'assistance publique.

— Vous vous êtes donc sentie une dette envers lui, et c'est cela qui vous a poussée à devenir son employée ?

Alors qu'elle s'apprêtait à porter sa fourchette à ses lèvres, Maya suspendit son geste.

— Bien sûr que non, voyons ! Je ne l'ai pas fait par obligation !

Vito eut du mal à la croire. Ne voyait-elle pas l'évidence ? C'était étonnant.

Par courtoisie, il s'excusa cependant.

— Je suis désolé si je vous ai froissée.

— Non, vraiment, je l'ai fait par affection, insista Maya. Et par respect. Mon oncle a veillé à ce que j'aie un toit au-dessus de ma tête et de quoi manger à ma faim. Il était normal que je le paie en retour.

— Il m'a l'air d'être un homme honorable.

— En effet. Ma tante et mes cousines sont très gentilles aussi. Ils m'ont donné une famille alors que rien ne les y obligeait.

Vito n'était toujours pas convaincu, mais sans parvenir à s'expliquer pourquoi.

Quelque chose ne collait pas dans cette histoire. Il manquait une pièce…

Tout s'éclaircit lorsque le plat principal fut arrivé. C'étaient des *saltimbocca* de veau aux petits légumes.

Dès que le serveur se fut éloigné, il s'empressa de reprendre la conversation.

— Ça me surprend tout de même que vous ayez étudié la comptabilité. Indépendamment de votre volonté d'aider votre oncle.

— Pourquoi dites-vous ça ?

— Je trouve que cela ne correspond ni à votre personnalité ni à vos envies.

Elle haussa un sourcil.

— Et vous concluez cela après une simple visite touristique avec moi ?

Elle était sur la défensive et ce n'était pas du tout le tour que Vito voulait donner à la conversation. Il cherchait simplement à mieux la connaître.

Il voulait rassembler le plus possible de détails, afin de se créer une solide base de souvenirs pour plus tard, quand elle aurait quitté Venise et serait sortie de sa vie pour de bon.

Il garda le silence, attendant qu'elle continue.

— Nous n'avons pas tous ce qu'il faut pour devenir

des artistes mondialement reconnus, Vito. Ce n'est pas parce qu'on est capable de reconnaître le talent des autres qu'on en a nécessairement soi-même. Et il faut bien trouver un moyen de gagner sa vie !

À n'en pas douter, quelqu'un lui avait dit qu'elle n'avait aucun talent. Peut-être sa famille. Ou un professeur méprisant, dont le propre échec troublait le jugement…

— On dirait que la question des fins de mois ne vous a jamais préoccupé, vous, ajouta-t-elle. C'est ce qui vous différencie de la majorité des êtres humains de cette planète.

Vito fut piqué au vif. Il n'allait quand même pas s'excuser d'avoir réussi !

— J'ai gagné de l'argent, et j'ai eu la chance de bien choisir comment le placer, aussi bien dans l'immobilier que sur les marchés financiers.

— Tout le monde n'est pas logé à la même enseigne, Vito.

— Je ne m'attendais pas à ce que vous le preniez ainsi, objecta-t-il d'une voix douce. J'essayais simplement de vous connaître.

Elle poussa un soupir.

— C'est vrai, je suis désolée. En fait, vous avez raison… Au début, j'avais envisagé de faire quelque chose de plus créatif.

— C'est-à-dire ?

— Eh bien, j'ai suivi pendant un an des cours d'introduction à l'histoire de l'art à l'université et j'ai adoré cette matière. Surtout la partie du programme consacrée à la Renaissance européenne. J'en ai parlé à ma grand-mère et c'est à ce moment-là, je pense, qu'elle a réalisé à quel point cela me plairait de voir toutes ces merveilles de mes propres yeux.

Ainsi, il avait vu juste…

À en juger par l'expression mélancolique de Maya, elle devait regretter de ne pas avoir continué dans cette voie.

— Que s'est-il passé ensuite ?

Elle eut un petit haussement d'épaules.

— Rien. La raison l'a emporté. Je n'ai pas vu de débouchés suffisants pour ce genre d'études et je me suis inscrite en comptabilité.

Quel dommage ! C'était un véritable gâchis.

Maya était passée à côté de sa vocation, ignorant une vraie passion pour rembourser une dette qu'elle croyait avoir. Sans doute, malgré ce qu'elle disait, les personnes qui l'avaient recueillie et auraient dû l'aimer sans condition lui avaient-elles fait sentir par moments qu'elle était de trop.

Ou alors, sa famille n'attendait rien d'elle, au contraire, et c'était Maya qui s'était imaginé devoir endosser ce fardeau.

— Assez parlé de moi, lança-t-elle soudain. À vous maintenant !

Vito réprima un sourire. À coup sûr, la soudaine tentative de Maya d'orienter la conversation sur lui n'avait pas grand-chose à voir avec une curiosité qu'elle éprouverait à son égard. Il était clair qu'évoquer ses opportunités manquées la mettait mal à l'aise.

Il était bien placé pour le comprendre…

— Très bien. Que voulez-vous savoir ?

— Parlez-moi de votre famille. Votre cousin Leo m'a paru tout à fait charmant.

Malgré l'innocence de la question, Vito ressentit une pointe de jalousie à ces mots.

Ainsi, Maya trouvait son cousin charmant ?

— Il a réussi à épouser l'une des plus belles femmes d'Italie. On se demande bien comment il s'y est pris, d'ailleurs. Lina est beaucoup trop bien pour lui.

Cette réponse fit sourire Maya.

— Malgré ce que vous dites, j'entends à votre voix que vous l'aimez beaucoup.

Il sourit. Son interlocutrice avait vraiment un don d'observation rare.

— Et vos parents ? Vous les avez encore ?

— Oui. Ils ont pris leur retraite en Suède. Je les vois une à deux fois par an.

— Qui d'autre compte pour vous dans votre famille ?

Vito ne put réprimer un sourire attendri.

— Il y a aussi la *Nonna*.

— Votre grand-mère ?

Il hocha la tête.

— Oui. Du côté paternel. Une vraie force de la nature.

Il eut soudain envie que Maya rencontre sa grand-mère et ce désir incongru le surprit. N'empêche qu'il était certain que ces deux-là s'entendraient à merveille.

— Je vais la voir demain, justement. Toute la famille se réunit pour fêter avec elle ses quatre-vingt-cinq ans. Nous avons prévu deux jours de festivités. En fait, vous ne devineriez jamais qu'elle a cet âge-là. Elle est incroyablement énergique et active.

— J'ai l'impression que vous avez une famille très unie. C'est une chance, vous savez !

Vito l'observa de plus près. Cela signifiait-il que

sa famille à elle, celle qui l'avait adoptée, n'était pas particulièrement unie ?

Dans la façon qu'elle avait eue de parler d'eux, il n'avait guère perçu d'autre sentiment que celui de gratitude. Y avait-il de l'amour dans ce foyer où on l'avait accueillie ? Se sentait-elle comme une sorte de pièce rapportée ? Si c'était le cas, elle avait eu un poids énorme à porter en grandissant.

— Une famille unie, ça peut aussi vouloir dire intrusive et agaçante, se crut-il obligé de préciser.

— Si c'est le prix à payer pour recevoir de l'amour et sentir que l'on tient à vous, ce n'est pas bien méchant.

L'émotion qui vibrait soudain dans la voix de Maya lui serra le cœur. Apparemment, c'était une corde sensible qu'il avait touchée là.

Il fut tenté de lui prendre la main, mais le serveur qui approchait l'en dissuada. Le dessert arrivait, de la *panna cotta* aux fruits rouges.

C'est aussi bien, pensa-t-il en se calant contre le dossier de son siège.

Moins il toucherait Maya, mieux cela vaudrait pour sa tranquillité d'esprit.

Le repas achevé, ils retournèrent sur le pont et Maya s'absorba dans la contemplation de ce qui l'entourait.

Le ciel piqueté d'étoiles semblait se faire complice d'une atmosphère chargée de sensualité.

Elle respira à pleins poumons pour mieux s'imprégner de la douceur qui flottait dans l'air et risqua un regard vers l'homme qui se tenait près d'elle, consciente de toute la tension qui était montée progressivement entre eux,

— Je sais que je n'oublierai jamais cette soirée, déclara-t-elle alors que leur bateau revenait lentement vers son port d'attache.

Elle eut envie de remercier Vito de lui avoir tenu compagnie pour cette merveilleuse expérience, mais les mots lui manquèrent. Aucun ne semblait approprié pour décrire tout ce qu'elle ressentait.

D'autant qu'elle ne pouvait plus faire semblant d'ignorer l'effet qu'il produisait sur elle.

Sa façon de la regarder durant le dîner lui avait noué le ventre. À présent, sa proximité la faisait frémir des pieds à la tête.

Toujours observateur, Vito ôta sa veste et la lui drapa sur les épaules. Manifestement, il s'était mépris sur l'origine de son tremblement.

Elle ne dit rien et se blottit avec délices dans le vêtement, dont l'étoffe était imprégnée de la chaleur et de l'odeur boisée de son propriétaire.

— Je suis content qu'elle vous ait plu, *cara*.

Cara…

Elle aimait ce mot tendre dans sa bouche, un mot qui pouvait aussi bien signifier « ma chère » que « ma chérie ».

Cela ferait partie des choses qu'elle regretterait une fois que cette parenthèse enchantée serait terminée.

Car ce serait bientôt fini. Le séjour à Venise s'achevait dans quelques jours. Elle allait se retrouver de nouveau seule, et cela durerait jusqu'à la fin de son voyage en Europe. Cette pensée soudaine la déprima.

Les autres endroits lui paraîtraient bien fades après ce qu'elle avait vécu dans cette ville magique.

Quant à son retour à Boston dans deux semaines, elle préférait ne pas y penser.

Vito se pencha vers elle et leurs épaules se touchèrent.

— Regardez comme la basilique est splendide la nuit !

Maya s'éclaircit la gorge, s'efforçant de trouver une réponse appropriée.

— Notre visite de Saint-Marc semble si lointaine, déjà…

Malgré tout, elle s'en rappelait chaque détail. Et en particulier les questions qui l'avaient taraudée.

Elle prit le risque d'en poser une.

Qu'avait-elle à perdre, à ce stade ?

— Notre jeune guide… Angelo…

Elle s'interrompit en voyant Vito se crisper et fit appel à tout son courage pour continuer.

— Il semblait en savoir beaucoup sur votre carrière.

— Je suis artiste et j'habite cette ville. Il est normal qu'un étudiant en beaux-arts ait entendu parler de moi.

Il haussa les épaules, mais son attitude n'avait pas la nonchalance qu'il voulait manifestement se donner.

Maya poursuivit. Elle n'avait pas terminé.

— Il a aussi émis d'intéressantes hypothèses à votre sujet. Sur cette prétendue retraite, par exemple…

Vito baissa la tête et parut observer avec la plus grande attention l'eau que la lune parait de reflets métalliques.

— Ce n'étaient que des suppositions qu'il faisait, pour tenter de m'arracher la vérité sans doute. Les gens d'ici ne cessent de s'interroger sur ma carrière. Je trouve ça assez irritant.

Maya ignora l'insinuation. Il ne faisait guère de doute que ses questions à elle l'irritaient également.

— Angelo semblait penser, contrairement aux autres gens, que vous faisiez juste une pause. Avait-il raison ?

— Disons que je suis en panne d'inspiration pour le moment.

Maya aurait pu abandonner le sujet. L'explication était suffisamment plausible.

Et pourtant, elle ne put s'empêcher de creuser encore le sujet. Elle était tellement avide d'en savoir plus sur cet homme !

— Cette panne d'inspiration est-elle liée au décès de votre femme ?

Elle le vit se crisper et regretta aussitôt sa question. Elle le faisait souffrir, alors qu'elle n'avait aucun droit de remuer ainsi le couteau dans la plaie.

Sa femme devait terriblement lui manquer…

Il était tout pâle et il émanait de lui un réel chagrin, on ne pouvait s'y tromper.

S'il avait existé une façon de le consoler, d'apaiser sa souffrance, elle n'aurait pas hésité à y recourir, mais elle ne pouvait lui rendre son amour perdu. Personne n'avait ce pouvoir.

— Trois ans se sont écoulés depuis l'accident, déclara-t-il.

Maya redressa la tête, surprise. Sa voix était étonnamment dénuée d'émotion, comme s'il exposait des statistiques qui ne le concernaient pas.

— Il faut plus de trois ans pour qu'un tel chagrin s'atténue, fit-elle remarquer avec douceur.

Il acquiesça lentement, le regard perdu dans le lointain.

— C'est vrai. Surtout quand la culpabilité s'en mêle.

— Il est normal que l'on ressente une forme de responsabilité quand une tragédie telle que…

— Oh ! je ne ressens pas une *forme* de responsabilité ! l'interrompit-il, non sans violence. Je suis *entièrement* responsable de sa mort. Ce n'est pas juste une impression.

Maya resta perplexe. Vito semblait insinuer qu'il avait joué un rôle prépondérant dans l'accident de sa femme.

— Je ne comprends pas.

Il crispa les doigts autour du bastingage.

— Ce n'est pourtant pas compliqué. Si elle ne m'avait pas épousé, Marina serait encore en vie.

8

Bien après avoir débarqué, Maya n'avait toujours pas retrouvé l'usage de la parole.

Redoutant de dire quoi que ce soit après l'ahurissante déclaration de Vito, elle avait gardé le silence et attendu qu'il s'explique.

Il ne l'avait toujours pas fait.

Et il n'y semblait pas du tout enclin, songea-t-elle tandis qu'il l'aidait à descendre la passerelle.

Rien ne se passait comme elle l'aurait voulu.

C'était leur dernière soirée ensemble. Cela ne pouvait pas se terminer sur une note aussi mystérieuse.

Tandis qu'ils approchaient du centre de la place, Maya posa une main sur son bras. Elle portait toujours la veste dont il l'avait couverte.

— Vito, il faut vraiment que je vous parle.

Il se passa une main sur le visage.

— À propos de l'accident de ma femme ?

Elle hocha la tête, mais ils n'eurent pas l'occasion de poursuivre la conversation. Une voix féminine s'éleva soudain dans la nuit.

— Vito !

Maya se tourna. Une femme à la silhouette sculpturale et au visage ravissant, vêtue d'une robe de dentelle blanche, s'avançait vers eux, les bras tendus, un large sourire aux lèvres.

Elle était suivie de Leo, qui semblait très surpris de les voir.

Le grommellement contrarié de Vito ne fut pas assez discret pour échapper à Maya.

Manifestement, il était loin d'être enchanté par cette rencontre fortuite.

Le couple les rejoignit quelques secondes plus tard. La jeune femme jeta ses bras autour du cou de Vito, qui l'embrassa chaleureusement.

Il n'y avait pas la moindre ambiguïté dans cette accolade. Simplement une réelle affection.

Maya comprit qu'il s'agissait de Lina, la femme de Leo.

— Quelle surprise de te voir ici, cousin ! lança Leo en anglais. Et en compagnie de Maya, qui plus est !

Il les détailla de la tête aux pieds.

— Je vois qu'on s'est mis sur son trente et un, ajouta-t-il.

Lina ne les laissa pas répondre.

— Ce doit être la charmante Américaine dont m'a parlé Leo.

Elle décocha un coup de coude à son mari.

— Tu ne m'avais pas dit qu'elle était aussi jolie.

Maya se sentit flattée. Venant d'une femme qui avait une telle allure, c'était un compliment appréciable.

— Je suis ravie de vous rencontrer, dit-elle en tendant la main.

Mais Lina l'ignora, préférant l'enlacer et planter un baiser sur chacune de ses joues.

— Je suis tellement contente que nous vous ayons rencontrée avant que vous ne quittiez notre belle ville.

L'accent de Lina en anglais, bien que léger, ajoutait encore à son charme.

Elle glissa son bras sous celui de Maya.

— Venez, marchons un peu, voulez-vous ?

Maya jeta un regard hésitant à Vito, dont l'attention restait entièrement tournée vers son cousin.

Ils parlaient en italien et Leo était très animé. Maya aurait juré avoir entendu son prénom au moins deux fois dans leur conversation.

Lina l'entraîna et toutes deux s'avancèrent sur la place. Le temps que les hommes les rejoignent, Maya savait tout sur les deux fils du couple et sur la jeune baby-sitter qui les gardait pour que les parents puissent sortir boire un verre.

— Mais nous ne pouvons pas tarder, malheureusement, précisa Lina. Nous partons de bonne heure demain matin pour Vérone. Nous allons fêter l'anniversaire de la grand-mère de Leo et de Vito.

— Oui, Vito m'en a parlé. J'espère qu'elle passera un très bon moment avec sa famille.

— Et vous, que faites-vous demain, ma chère Maya ? D'autres excursions ?

Maya secoua la tête.

— Je n'ai rien prévu de spécial. Journée libre. Je pense en profiter pour me reposer dans ma chambre d'hôtel, et peut-être faire une balade.

Lina haussa les sourcils.

— Toute seule ?

Son intonation était comique. On aurait dit qu'elle imaginait Maya traversant le pont des Soupirs pour rejoindre une cellule obscure, et non déambulant à travers les rues splendides de Venise.

— Je suis sûre que je trouverai des quantités de choses à voir, je ne me fais pas de souci.

Lina s'arrêta de marcher.

— Dites-moi, Maya, avez-vous prévu de visiter Vérone ?

— Cela ne fait pas partie des destinations programmées dans mon itinéraire, non. Après Venise, ce sera Florence, puis Rome.

Lina joignit ses mains devant sa poitrine.

— Vérone est une ville magnifique ! Alors c'est très simple, dans ce cas : vous allez venir avec nous.

Maya entendit Vito prendre une inspiration derrière elle.

— Lina !

L'intéressée pivota sur ses talons, prononça rapidement quelques mots en italien, puis ajouta en anglais :

— Et n'utilise pas ce ton avec moi ! C'était impoli de ta part de ne pas l'inviter toi-même.

Maya tendit la main pour intervenir.

— S'il vous plaît, je ne voudrais pas me mêler de votre conversation…

Ce fut à son tour de subir les foudres de Lina.

— Vous refusez mon invitation ? À l'anniversaire d'une vieille dame ?

Maya fut incapable de répondre.

La façon dont Lina posait sa question laissait entendre qu'elle commettrait un terrible impair en déclinant.

Mais, d'un autre côté, si Vito avait eu envie de l'inviter, il l'aurait fait. En outre, son attitude crispée et silencieuse n'avait rien d'encourageant.

Pas plus que les rires étouffés de Leo, qui les observait tous les trois.

Maya se sentit rougir, pleine d'embarras et de confusion. La situation lui avait totalement échappé.

— Non, je ne peux pas m'immiscer comme ça, balbutia-t-elle. Je suis sûre que ce voyage a été préparé depuis longtemps et que vous avez tous déjà acheté votre billet.

Lina sourit.

— Ne dites pas de sottises, ma chère. La *Nonna* sera ravie de vous rencontrer. Elle adore les États-Unis et elle appréciera beaucoup d'avoir la visite d'une Américaine. Quant aux billets, pas de souci. Nous voyageons dans l'avion privé de Vito.

Vito se décida enfin à intervenir.

— Veuillez excuser ma cousine, Maya. Elle ne peut pas s'empêcher de tout contrôler.

Lina lui asséna une petite tape sur le bras, qu'il ignora.

— Mais sachez, reprit-il, que je serais ravi que vous veniez avec nous.

Maya ne se faisait pas d'illusions : Vito se sentait à l'évidence obligé de dire cela. Il devait sentir qu'il n'avait pas le choix, après ce que Lina avait dit.

Sa motivation n'avait rien à voir avec une quelconque envie de passer du temps avec elle. Lina lui avait tout simplement forcé la main et il était trop courtois pour revenir en arrière.

Alors, pourquoi était-elle tentée d'accepter ?

— Eh bien, c'est réglé, dans ce cas, décréta Lina. Allons fêter cela chez le glacier. Vito, comme d'habitude, c'est toi qui régales !

Vito laissa les deux femmes se remettre en marche, mais il retint Leo par le bras.

— Qu'est-ce que ta femme vient de faire, bon sang ?

Leo se mit à rire et Vito n'en fut pas surpris. Il ne pouvait pas s'attendre à la moindre manifestation de compassion de la part de son cousin.

— Je crois qu'elle t'a rendu service. Et maintenant, tu vas pouvoir la remercier en lui offrant une glace. Son parfum préféré, c'est chocolat, au cas où tu l'aurais oublié.

Vito rejeta la tête en arrière et prit une profonde inspiration pour se calmer.

— C'est vraiment comme ça que tu vois ce désastreux rebondissement ?

Leo haussa les épaules.

— Pourquoi pas ? Vous avez bien passé la soirée ensemble, non ? La présenter à la *Nonna* serait une suite logique.

— Ce n'était pas un rendez-vous galant, Leo.

Leo enveloppa d'un regard éloquent la tenue élégante de Vito.

— Excuse-moi mais, à voir comment tu es habillé, je me permets d'en douter.

— Elle avait des réservations pour un dîner croisière et ça ne lui disait vraiment rien d'y aller seule. Je ne voulais pas qu'elle manque cette expérience à cause de la goujaterie de son ex-fiancé.

Leo l'étudia un moment.

— Et donc… ?

— Eh bien, c'est pour cela que j'y suis allé avec elle. C'est tout.

— Mais oui. Bien sûr !

Vito renonça à le convaincre. Quelques instants plus tard, tous deux rejoignaient les femmes devant le glacier.

Vito comprenait que Lina et Leo n'avaient que de

bonnes intentions. Ils souhaitaient pour lui ce qu'eux-mêmes possédaient : une union forte, de beaux enfants, une vie de famille heureuse.

Un court instant, en observant Maya, il se laissa aller à imaginer cela avec elle.

Puis il s'obligea à refouler cette pensée déraisonnable.

Marina n'avait cessé de lui répéter qu'il n'était pas capable d'aimer pleinement quelqu'un. Qu'il était trop absorbé par son art, au détriment de tout le reste.

Il avait nié, jusqu'à ce qu'elle lui prouve qu'elle avait raison.

Lorsqu'il s'approcha, Maya lui adressa un regard hésitant. Si les choses avaient été un peu étranges entre eux auparavant, elles étaient à présent très inconfortables.

Il ne lui restait plus qu'à espérer que la jeune femme trouverait un moyen d'échapper à la visite chez la *Nonna*.

Après tout, elle n'avait pas à se soucier de vexer Lina. Une fois qu'elle aurait quitté Venise, elle ne la reverrait plus jamais.

Tout comme il y avait fort peu de chances qu'elle le revoie, lui.

Cette pensée lui causa un pincement au cœur, mais il préféra passer outre. C'était ridicule. On ne pouvait pas s'enticher ainsi d'une femme en deux ou trois jours. Cela passerait.

Dans quel pétrin s'était-elle mise ?

Dès qu'elle eut refermé derrière elle la porte de sa chambre d'hôtel, Maya se laissa tomber sur le lit.

Vito l'avait raccompagnée jusque dans le hall où, après un silence embarrassé, elle avait réussi à trouver quelque chose à dire.

— Alors c'est vrai ? Vous voulez que j'aille à Vérone avec vous demain ?

— C'est à vous de décider, *cara*.

Baissant la tête, elle avait fixé ses pieds.

— Écoutez, Vito, j'ai bien conscience que Lina vous a forcé la main. Je peux toujours trouver une excuse pour me désister…

— C'est ce que vous voulez ?

— Je crois que j'aimerais plutôt que vous me disiez ce que vous voulez, vous.

— Moi, j'ai très envie que vous veniez avec nous à Vérone, *cara*. Et j'en serais honoré.

Sur ces mots, il avait écourté les adieux, en précisant qu'ils avaient besoin tous les deux de se reposer, car ils se levaient tôt le lendemain.

Au lieu des larmes qu'elle avait imaginé verser ce soir-là, Maya se retrouva à se demander quelle tenue elle porterait le lendemain.

Comment s'habillait-on pour l'anniversaire d'une grand-mère italienne de quatre-vingt-cinq ans ?

Si, trois jours plus tôt, quelqu'un lui avait dit qu'elle se poserait une telle question, elle aurait traité cet individu de fou.

Que fallait-il penser de ce rebondissement ?

D'un côté, elle était enthousiaste à l'idée de profiter encore de la présence de Vito à ses côtés ; elle se rendait compte avec stupeur que les moments vécus en sa compagnie figuraient parmi les plus heureux de son existence.

De l'autre, c'était idiot de retarder le moment où elle devrait le quitter. Plus elle passerait de temps avec lui, moins son cœur pourrait supporter la séparation qui suivrait.

Elle était en train de tomber amoureuse de cet homme.

Un observateur extérieur estimerait probablement qu'elle cherchait par tous les moyens à rebondir après l'échec de ses fiançailles : elle connaissait Vito depuis trop peu de temps pour avoir développé des sentiments profonds à son égard.

Eh bien, cet observateur se tromperait.

Elle connaissait la vérité. Elle savait ce qu'elle ressentait au plus profond de son cœur.

En rencontrant Vito, elle avait compris qu'elle n'avait jamais aimé Matt. Elle avait aimé l'idée d'être amoureuse, l'idée d'avoir un mari et un avenir avec une famille qu'elle pourrait enfin considérer comme la sienne. Pas une famille à laquelle on l'avait intégrée par la force des choses.

Maintenant, elle savait sans l'ombre d'un doute que Matt et elle n'étaient pas du tout faits l'un pour l'autre.

Son téléphone bipa, signalant un texto. C'était sa cousine Zelda.

> Maya, si tu as ce message, vérifie tes mails, s'il te plaît.
> Je n'arrive pas à te contacter.

Maya se crispa.

Elle avait laissé sa famille dans le flou depuis qu'elle avait prévenu tout le monde de la perte de son téléphone. À dire vrai, elle essayait de reporter au maximum le moment d'annoncer la vérité sur ses fiançailles rompues.

Hélas, il semblait qu'elle ne pouvait plus tergiverser maintenant.

Avec un soupir résigné, elle se leva pour aller chercher son ordinateur et l'alluma.

Comme elle s'y attendait, une ribambelle de messages l'attendait dans sa boîte de réception. La plupart émanaient de Zelda.

Pourquoi tu n'as pas appelé ou envoyé un message ? Nous sommes tous inquiets pour toi ! Matt est toujours à Boston. Il nous a dit que c'était à toi qu'il fallait poser les questions. Que se passe-t-il ?

Les autres messages disaient à peu près la même chose. Maya cliqua sur « répondre » et commença à taper sur le clavier.

Chère Zelda,

Désolée de vous avoir inquiétés, toi et les autres. En fait, je n'ai pas été complètement honnête avec vous. Les choses ne se passent pas très bien entre Matt et moi en ce moment. C'est pour ça que je suis partie seule en voyage.

À peine avait-elle envoyé son message, que la réponse de Zelda apparut à l'écran.

Je le savais. Qu'est-ce qu'il a fait ? Je vais l'étrangler. Ou mieux, je vais le dire à papa. Il s'occupera de lui. Tu as intérêt à m'appeler, Maya. Et je suis sérieuse !

Touchée par la loyauté immédiate de Zelda, Maya eut les larmes aux yeux.

Ses cousines et elle avaient eu leur lot de disputes ; elles avaient grandi comme des sœurs, après tout, et les sœurs avaient tendance à se disputer. Mais elle savait qu'elle pouvait compter sur elles en cas de coup dur.

Il en allait de même avec sa tante et son oncle.

Même si elle n'avait jamais eu le sentiment qu'ils étaient devenus ses parents de substitution…

C'était probablement cela qui l'avait poussée à essayer

trop vite de fonder sa propre famille, sans s'apercevoir que l'homme sur lequel elle avait jeté son dévolu n'était pas fait pour elle.

S'exhortant à se ressaisir, elle répondit au dernier message de Zelda.

> Pas besoin de l'étrangler. Matt n'est pas un homme pour moi, c'est tout. S'il te plaît, ne dis rien à Fran. Elle a fait tellement de sacrifices pour m'offrir ce voyage !

La seconde réponse de Zelda arriva aussi vite que la première.

> Je serai muette comme une tombe. Mais je sens que tu ne me dis pas tout. Je veux savoir !

Esquissant un sourire, Maya fit courir ses doigts sur le clavier.

> Je t'appelle bientôt. Promis. Ne t'inquiète pas. Je vais bien. J'ai juste besoin de faire le point. À très vite !

Et sur ces mots, elle éteignit l'ordinateur et le glissa dans sa sacoche de transport.

Même si elle adorait Zelda, elle n'avait pas la force de continuer à communiquer avec elle. Même pas par mail.

Après ces heures chargées en émotion qu'elle venait de passer avec Vito, elle se sentait vidée de toute énergie. À l'évidence, il allait être très compliqué de le côtoyer toute la journée du lendemain. Sans parler de la famille de Vito, qui serait là pour l'observer et noter la moindre de ses réactions.

Serait-elle capable de cacher les sentiments grandissants qu'elle avait pour lui ?

Mais il y avait une autre question, plus angoissante

encore : comment allait-elle gérer lesdits sentiments lorsque le conte de fées aurait pris fin ?

— Tu as fait quoi ?

Vito n'en croyait pas ses oreilles après l'absurdité que Leo venait de proférer.

Ils venaient de descendre du jet à l'aéroport de Vérone-Villafranca et se dirigeaient vers le monospace qui devait les conduire à la propriété familiale des Rameri.

Et Leo avait attendu tout ce temps – presque une heure de vol – pour mentionner qu'il avait dit un terrible mensonge à leur grand-mère.

— Elle en serait arrivée à cette conclusion de toute façon, dit-il sans paraître le moins du monde contrit. Tu sais comment elle est.

Vito l'attira à l'écart, tandis que Maya et Lina donnaient leurs bagages au chauffeur et installaient les deux enfants à l'arrière du véhicule.

— Tu n'as pas pensé une seconde que ça pourrait embarrasser Maya ?

Leo haussa les épaules avec indifférence.

— Je pense qu'elle suivra le mouvement. Elle a l'air de s'adapter facilement à toutes les situations.

— Mais qu'est-ce qui a bien pu te passer par la tête, Leo ? Comment as-tu pu dire à la *Nonna* que j'avais demandé Maya en mariage ?

— Elle s'inquiète pour toi ! Elle trouve que tu te complais dans ton deuil depuis trop longtemps.

Vito s'agaça.

— Tu ne vas pas remettre ça sur le tapis !

Leo fit mine de ne pas l'avoir entendu.

— Bref, quand je l'ai appelée pour la prévenir que

tu venais accompagné, elle s'est aussitôt réjouie. Et je n'ai pas eu le cœur de la détromper.

Il posa une main sur l'épaule de son cousin.

— Elle ne rajeunit pas, tu sais. Vois ça comme un petit mensonge destiné à faire plaisir à une vieille dame le jour de son anniversaire.

— Et donc, nous sommes supposés agir comme un couple qui vient de se fiancer ? C'est ce que tu suggères ?

— Je suis sûr que tu pourras y arriver. Tu ne t'en sortais pas si mal hier soir, quand nous sommes tombés sur vous place Saint-Marc.

S'étant déjà expliqué sur le sujet, Vito préféra ne pas répondre.

— Et ensuite ? Quand elle appellera dans quelques jours pour prendre de mes nouvelles et que je n'aurai rien à lui dire sur ma pseudo-fiancée, parce qu'elle sera retournée dans son pays ?

À nouveau, Leo haussa les épaules.

— Dis-toi qu'elle aura eu quelques jours d'espoir.

— Fondés sur un mensonge.

— Peut-être que ce n'en est pas un, qui sait ?

— Comment ça ? Évidemment que c'est un mensonge ! Je n'ai aucune intention de me fiancer avec Maya !

Leo balaya cette remarque d'un geste de la main, comme si Vito passait à côté de l'essentiel.

— Oui, bien sûr… Nous savons tous les deux que ce n'est pas dans tes intentions.

— Donc, c'est un mensonge.

— Disons que c'est un petit arrangement avec la vérité. Et puis, il y a une chose à laquelle tu n'as pas pensé.

— Quoi donc ? Éclaire-moi, cher cousin !

— Maya n'est pas obligée d'être à des centaines de

kilomètres dans quelques jours. Tu peux très bien lui demander de ne pas partir.

Laissant son cousin bouche bée, Leo monta à bord de la voiture, où les deux femmes avaient déjà pris place avec les enfants.

Maya ne cessait de glisser des regards en coin à Vito. Elle le trouvait anormalement silencieux.

Regrettait-il de l'avoir emmenée ?

C'était sa faute, elle aurait dû y réfléchir à deux fois avant d'accepter. Certes, il avait paru sincère lorsqu'il avait renouvelé l'invitation, dans le hall de l'hôtel, mais elle ne pouvait nier qu'il avait été mis au pied du mur par la femme de son cousin.

Sans doute y avait-il réfléchi toute la nuit et regrettait-il de ne pas l'avoir dissuadée d'accepter.

Après tout, il s'agissait d'une réunion de famille et elle n'avait rien à voir avec ces gens, même s'ils étaient sympathiques et chaleureux. Elle était tout juste une vague connaissance.

Ses pensées dérivèrent vers le baiser qu'ils avaient échangé sur le bateau. Comme il semblait loin... Pourtant, elle n'oublierait jamais le trouble qu'elle avait ressenti quand les lèvres de Vito s'étaient posées sur les siennes.

Il était clair que les baisers de Matt ne lui avaient jamais fait un tel effet !

Et dire qu'elle avait été à deux doigts de l'épouser...

Était-elle en train de commettre une version différente de la même erreur ? Car il était évident, à en juger par l'air morose de Vito, que quelque chose n'allait pas.

Si elle s'avisait d'expliquer à ses cousines qu'elle était en train de tomber amoureuse d'un homme qu'elle ne connaissait que depuis trois jours, il ne faisait aucun doute qu'elles seraient aussi sceptiques l'une que l'autre. Elles tenteraient de la raisonner en lui expliquant que c'était le contrecoup de sa rupture et qu'elle n'avait pas les idées claires. Et son oncle et sa tante seraient d'accord avec cette idée.

Peut-être s'était-elle emballée. Le baiser sur le bateau ne signifiait probablement rien pour Vito. Elle en avait tiré des conclusions erronées.

Décidément, elle n'était pas douée pour déchiffrer les intentions des hommes.

Les questions se bousculaient dans sa tête sans qu'elle y trouve de réponses. Elle ne s'était jamais retrouvée dans une telle situation auparavant.

Il fallait dire qu'elle n'avait jamais rencontré d'homme comme Vito auparavant.

Vito était séduisant, bienveillant et énigmatique. Mais la tristesse qui émanait de lui était presque palpable.

Il était complètement ridicule de croire qu'elle pourrait être celle qui chasserait cette tristesse.

Durant tout le trajet entre l'aéroport et la maison, Vito réfléchit à la façon d'expliquer à Maya ce qu'avait fait Leo.

Ils étaient à présent à moins d'un kilomètre et il ne savait toujours pas comment il s'y prendrait.

Il fallait pourtant trouver quelque chose. Il ne pouvait pas laisser Maya se jeter dans la fosse aux lions sans la moindre indication.

Il devinait à peu près ce que serait la réaction de la *Nonna* quand on ferait les présentations. Elle allait probablement serrer Maya dans ses bras un long moment, puis elle s'adresserait à elle à tout bout de champ comme si c'était sa future petite-fille. Il fallait que Maya y soit préparée.

En tout cas, pour l'heure, elle semblait pressée de sortir de la voiture. La route était truffée de virages et de nids-de-poule, et le chauffeur conduisait sans douceur. À en juger par son teint quelque peu verdâtre et la façon dont elle crispait sa main sous sa cage thoracique, elle ne se sentait pas bien.

Il se tourna vers elle.

— Cela vous tenterait de faire le reste du chemin à pied ? suggéra-t-il. J'aimerais vous montrer les vignes.

Maya sembla surprise, mais elle hocha la tête et commença à draper son gilet autour de ses épaules.

Vito demanda au chauffeur de s'arrêter. Puis, comme il était toujours en colère contre Leo, il s'adressa à Lina :

— Dis à la *Nonna* que nous ne tarderons pas. J'ai envie de prendre l'air et de montrer la campagne à Maya.

— Bien sûr, Vito.

Quand le chauffeur les eut déposés, Maya se tourna vers Vito.

— Mon mal des transports était visible à ce point ?

— Oui. Mais j'avais une autre raison de vouloir que nous marchions un peu.

— Ah bon ?

Il la prit par le coude et ils commencèrent à cheminer sur le bas-côté recouvert d'herbe.

— Il y a quelque chose que vous devez savoir avant de rencontrer ma grand-mère. Et cela risque de ne pas vous plaire.

— Ah bon ? Vous m'inquiétez… Ça a l'air grave.

Comme il n'y avait pas de façon aisée d'expliquer la situation, Vito se jeta à l'eau.

— Écoutez, ma grand-mère s'est mis dans la tête qu'il existe quelque chose de sérieux entre nous.

Maya cilla et le regarda sans comprendre.

— Pardon ? Que voulez-vous dire ?

Vito se passa la main sur le visage. Pourquoi fallait-il qu'il se retrouve dans un tel embarras ?

Sans se laisser trop le temps de penser, il expliqua à Maya ce que Leo avait fait et pourquoi.

Lorsqu'il vit la stupéfaction s'afficher sur ses traits, il eut envie de lui dire : « Bienvenue au club ! »

Déjà, ils avaient atteint les vignes qui jouxtaient le jardin de la propriété, et l'odeur aromatique des grappes de raisin emplissait l'air. Vito en détacha une et la tendit à Maya. Elle n'avait toujours pas réagi à ce qu'il lui avait révélé.

Maya prit la grappe, en détacha un grain et le mit dans sa bouche. Elle parut en savourer le goût, puis en prit un deuxième.

Vito se raidit. Un désir soudain de la nourrir lui-même grain après grain lui picota le bout des doigts.

Son regard se posa sur ses lèvres et il eut l'impression d'en ressentir encore le goût sur les siennes, d'éprouver le contact de leur plénitude sensuelle.

Il dut faire un effort pour rester concentré sur le sujet qui les préoccupait.

— Donc, je dois me comporter comme si nous étions fiancés ? interrogea-t-elle.

Il eut une grimace.

— Je sais que c'est ridicule. Croyez bien que je n'y suis pour rien.

Elle soupira.

— Oh ! mais je sais très bien que ce n'est pas votre idée, Vito.

Il aurait pu jurer que son intonation contenait une note de déception, ce qui n'avait aucun sens. Ce devait être un effet de son imagination.

— Ce n'est que pour cette journée, précisa-t-il. Si vous ne voulez pas jouer le jeu, je comprendrai et nous dirons à ma grand-mère qu'il y a eu un malentendu.

Il la dévisagea, espérant presque qu'elle accepterait cette solution.

— Je trouverai un prétexte, insista-t-il.

— Ça ne sera pas nécessaire, dit-elle. Je vais le faire.

Ce ne fut qu'en relâchant son souffle que Vito réalisa qu'il l'avait retenu.

— Vous êtes sûre ?

Lentement, elle détacha un autre grain de raisin de la grappe et le mangea avant de répondre.

— Oui. C'est son anniversaire, je ne vais pas le lui gâcher. Surtout qu'en plus j'arrive sans cadeau ! Ce petit mensonge n'est pas bien méchant. Si ça peut la rendre heureuse en un jour aussi important, je suis ravie de le faire.

— *Grazie mia bella*, répondit Vito en lui donnant un petit baiser sur la joue.

En sentant sa peau sous ses lèvres, il ne put empêcher ses pensées de divaguer.

Et s'il n'était pas nécessaire de faire semblant ? Si les sentiments qu'ils devraient feindre étaient réels ?

9

À quel jeu venait-elle donc de se prêter ?

Dire que, quand Vito lui avait demandé de faire quelques pas en sa compagnie, elle s'était imaginé qu'il voulait passer un peu de temps seul avec elle avant de rejoindre toute la famille !

Mais pas du tout ! Et elle était loin de s'attendre à ce qu'il avait annoncé. En fait, elle n'était absolument pas préparée à cette journée.

Comment allait-elle réussir à passer tout ce temps avec Vito à ses côtés ?

Comment allait-elle maîtriser ce désir qui déroulait ses flammes au creux de son ventre ?

Et, comme si ce n'était pas déjà assez compliqué, ils allaient devoir jouer la comédie et prétendre qu'ils étaient amoureux !

Bien sûr, pour elle, apparemment, il ne serait pas nécessaire de faire semblant. Mais comme ce serait douloureux !

— Je pense que nous devrions nous mettre d'accord sur ce que nous allons dire.

— Il vaut mieux rester le plus près possible de la vérité.

— Je suis d'accord.

— Nous pouvons dire que je suis tombée à vos pieds la première fois que je vous ai vu. Littéralement. Et qu'ensuite vous êtes tombé sous mon charme à votre tour.

Oui, elle serait très douée à ce petit jeu-là. Ce n'était pas si mal, pour une suggestion au débotté.

Vito eut un petit rire.

— Ça me convient, *cara*. Mais nous ferions peut-être bien de ne pas entrer dans les détails.

— Il ne faudra pas dire que j'étais pompette ?

— Je pensais plutôt au fait que vous veniez de vous libérer de votre fiancé.

Quelle description appropriée ! Elle l'ignorait au moment où c'était arrivé, mais en fait Matt lui avait bel et bien permis de retrouver la liberté qui lui avait permis de vivre cette belle rencontre.

Et grâce à lui, elle avait évité une erreur qui l'aurait poursuivie toute sa vie. Elle se demanda soudain si Matt n'avait pas tout simplement compris qu'ils méritaient mieux, l'un et l'autre, que ce qui les attendait.

Finalement, en y réfléchissant bien, elle lui devait des remerciements. Même si, quelques jours plus tôt, cette idée l'aurait horrifiée si on la lui avait suggérée.

— Vous avez raison, approuva-t-elle. Nous laisserons ce détail de côté.

Ce fut seulement quand ils eurent atteint le haut de la colline que la maison se révéla à Maya. Elle ne savait pas à quoi elle s'attendait, mais certainement à quelque chose de plus modeste que cette bâtisse de trois étages, flanquée de deux tours carrées et d'une véranda ouverte aux colonnes ioniques.

— C'est la maison de votre grand-mère ?

— Oui. Ou, plus exactement, il s'agit de notre propriété familiale. Leo et Lina y viennent souvent avec les enfants. Moi aussi, d'ailleurs. Comme ce n'est pas très loin de Venise…

— C'est magnifique.

— Ça vous plaît ?

— Il faudrait être difficile pour ne pas aimer.

Lorsqu'ils s'approchèrent, Maya s'aperçut que la maison avait été décorée en vue des festivités.

Sans crier gare, un énorme chien jaillit soudain devant eux. Il devait peser non moins de quatre-vingt-dix kilos et mesurer quatre-vingts centimètres au garrot.

— Romeo !

En riant, Vito se pencha vers le mâtin de Naples qui venait de se jeter contre ses jambes et lui parla affectueusement en italien, tout en le caressant.

— Voici Romeo. Ne vous fiez pas à son apparence, il est très gentil. Juliette ne devrait pas tarder à se montrer.

— Vous avez deux chiens qui s'appellent Romeo et Juliette ?

Vito lui adressa un grand sourire.

— Nous sommes à Vérone, non ?

Naturellement. C'était logique.

Hochant la tête, Maya mit dans sa bouche un autre grain de raisin gorgé de soleil. Il explosa contre son palais, comme une mini-bulle de saveur.

Elle vit soudain les traits de Vito se durcir tandis qu'il l'observait. Un feu étrange brillait dans ses yeux et elle crut y lire l'expression d'un désir pour elle.

Il s'avança et tendit la main vers son visage.

Elle retint son souffle quand il passa le pouce sur sa lèvre inférieure.

— Vous avez laissé couler du jus de raisin, dit-il d'une voix un peu rauque.

Elle tourna le visage dans la main de Vito, tandis que mille frissons couraient sous sa peau. La plus infime caresse de cet homme avait un effet explosif sur elle.

Elle eut envie de plus encore. Il fallait qu'il l'embrasse encore une fois…

— *Mia bella*, murmura-t-il.

Il était si proche à présent que la chaleur de son souffle dansait sur sa joue.

Elle perdit la notion du temps et du lieu quand les lèvres de Vito touchèrent enfin les siennes.

Un bruit soudain derrière elle la fit cependant sursauter et s'écarter avec un petit cri de surprise.

Pivotant sur ses talons, Maya vit une vieille dame rondelette sortir de la maison et venir vers eux.

Ce devait être la fameuse *Nonna*.

Évidemment, songea Maya avec dépit. Vito devait savoir que sa grand-mère les épiait de derrière sa fenêtre. Ce baiser n'avait été qu'une mise en scène à son intention.

10

— Je vous ai apporté de quoi vous restaurer.

Assise sur l'une des splendides chaises en fer forgé de l'atrium, Maya leva les yeux vers Lina, qui se tenait devant elle.

L'heure précédente s'était déroulée dans une frénésie brumeuse. Elle avait été présentée à trop de gens pour réussir à se rappeler tous les noms et la *Nonna* n'avait cessé de lui parler dans son anglais approximatif et de lui tapoter affectueusement la joue.

Jusqu'à présent, la mascarade avait fonctionné à merveille, mais Maya se sentait épuisée et avait besoin de faire une pause.

— J'espère que je ne vous dérange pas, ajouta Lina.

Maya se leva pour l'aider. En plus d'un plateau chargé de nourriture, elle tenait entre ses doigts deux bouteilles de thé glacé. Maya la soulagea des boissons.

— Non, pas du tout, répondit-elle. J'ai juste éprouvé le besoin de me reposer un peu. Il y a beaucoup de monde et de bruit.

Lina posa le plateau sur la petite table ronde ornée de fragments de mosaïque et toutes deux s'assirent.

— C'est vraiment gentil d'avoir pensé à moi, dit

Maya avant de boire une grande gorgée de thé glacé. Je n'ai pas pensé à me servir au buffet quand j'étais à l'intérieur.

Elle avait la gorge sèche à force d'avoir tenu tant de conversations, en essayant de se faire comprendre au mieux par des personnes qui ne maitrisaient pas toutes l'anglais.

Et maintenant qu'on lui présentait un plateau garni d'appétissants *antipasti*, elle se rendait compte qu'elle avait très faim.

— Je vous en prie, répondit Lina avec un sourire. Vous n'aurez peut-être plus envie de me remercier quand le dîner sera servi et que vous serez déjà rassasiée.

Elle adressa un petit clin d'œil à Maya.

— Ce n'est jamais une bonne idée de grignoter avant les repas gargantuesques de *Nonna*. Mais le buffet garni de fromages artisanaux, de charcuterie locale et d'olives du domaine est trop appétissant pour être ignoré.

— C'est ce que je vois. Vous êtes sûre d'en avoir laissé pour les autres ?

Lina mordit dans un morceau de pain croustillant et Maya l'imita. Il était encore tiède et la mie fondait dans la bouche.

— Croyez-moi, il y a de quoi nourrir un régiment.

— Il n'y a rien de tel que la nourriture italienne pour vous mettre le cœur en joie.

L'expression de Lina se fit soudain sérieuse, tandis que son regard se perdait vers les vignes.

— Vous savez, cela fait bien longtemps que nous n'avons pas vu Vito heureux comme ça. Ces dernières années, quand nous nous retrouvions ici pour une raison ou une autre, il ne faisait que suivre le mouvement. Et on voyait bien qu'il avait hâte que la journée se termine pour retourner se terrer dans son atelier.

Le cœur de Maya se serra à cette évocation.

— J'en suis désolée. Il mérite tellement plus dans sa vie !

Lina hocha la tête.

— C'est vrai. C'est pourquoi nous sommes tous heureux qu'il commence à remonter la pente.

Elle marqua une pause, étudiant Maya avec un drôle d'air.

— Leo affirme que ça a commencé quand il vous a rencontrée.

Maya sentit son pouls s'accélérer.

— Je ne sais pas quoi vous répondre, Lina. Si ce n'est que Vito avait peut-être besoin d'une diversion, sous la forme d'une touriste américaine maladroite et distraite.

Lina haussa ses sourcils parfaitement dessinés.

— Vous semblez être plus qu'une distraction pour lui, Maya.

Elle eut soudain du mal à avaler le petit cube de provolone qu'elle avait mis dans sa bouche. Ce que Lina croyait voir entre elle et Vito n'était pas forcément vrai.

Finalement, elle admit à haute voix l'inquiétude qu'elle nourrissait depuis tout ce temps, sans oser se l'avouer.

— Je pense que, s'il est attiré par moi, c'est parce qu'il sait que je ne resterai pas longtemps.

Elle détestait son intonation légèrement quémandeuse, mais cela faisait du bien de pouvoir enfin se confier à quelqu'un.

Elle prit une profonde inspiration pour se donner du courage, et continua.

— Le fait que je reparte au bout de quelques jours fait de moi une distraction sans danger.

Elle refoula le sanglot qui montait du fond de sa gorge.

— C'est vraiment ce que vous pensez ? demanda Lina d'une voix douce.

— Il ne m'a pas dit qu'il souhaitait rester en contact avec moi après.

— Vous le lui avez suggéré ?

Maya baissa les yeux.

— Je ne veux pas faire pression sur un homme qui n'est pas prêt. Surtout avec le peu que j'ai à lui offrir.

— Je vois, murmura simplement Lina.

Maya se sentit obligée de poursuivre. Le fait de se confier, surtout à quelqu'un qui se souciait de Vito, allégeait le poids qu'elle avait dans la poitrine.

— Je sais qu'il a traversé des épreuves et qu'il lui faut du temps pour se reconstruire.

— Sans doute, reconnut Lina. Mais il est temps qu'il prenne un nouveau départ.

Devant le silence de Maya, elle continua.

— Avant votre arrivée, rien ne laissait penser qu'il avait entamé ce processus.

La satisfaction qu'éprouva Maya à ces mots fut vite remplacée par de la tristesse. Même si Lina disait vrai, cela ne changeait rien. Vito et elle avaient des vies très différentes et ils habitaient à des milliers de kilomètres l'un de l'autre.

L'écho des rires et de la musique leur parvenait de l'intérieur de la maison. De temps en temps, le cri d'un enfant ou l'aboiement d'un chien ponctuait le brouhaha.

Après un long silence, Lina reprit la parole.

— Il culpabilise beaucoup trop.

Après ce que lui avait dit Vito à bord du galion, cela ne surprenait pas Maya.

— C'est ce que j'ai cru comprendre, en effet, répondit-elle. Mais il n'a pas voulu m'en dire plus et je n'ai pas insisté.

— Vito ne veut jamais parler de l'accident…

Lina soupira.

— Je peux le comprendre, ajouta-t-elle. Tout comme je peux comprendre qu'il se sente responsable.

— Il y a une raison à cela ?

— C'est ce qu'il croit, en tout cas. Vous a-t-il parlé de Marina ?

— Pas vraiment. J'ai l'impression qu'il a dû beaucoup l'aimer.

— Oui, ils étaient tous les deux très amoureux…

Lina marqua une brève hésitation.

— Au début.

— Il s'est passé quelque chose ?

— Oui et non.

Eh bien, voilà qui permettait d'y voir plus clair ! songea Maya avec ironie.

Elle attendit que Lina veuille bien continuer.

— Marina était une femme très intéressante. Elle se passionnait pour tout. Parfois, c'était un peu difficile à supporter pour un seul homme. Même pour quelqu'un d'aussi bienveillant et attentionné que Vito.

Maya essaya désespérément de ne pas prendre trop à cœur ce que disait Lina. Mais c'était difficile de rester assise là, à écouter quelqu'un parler de la vie de Vito avec une autre femme.

Une femme dont il était visiblement toujours amoureux.

— C'est après leur rencontre que Vito a créé ses plus belles sculptures, reprit Lina. Sa carrière était déjà bien engagée, mais soudain sa notoriété a explosé. Marina l'inspirait vraiment.

Ainsi, il avait perdu sa muse en même temps que sa femme. Ce n'était donc pas étonnant qu'il ait autant de mal à aller de l'avant.

Bien sûr, il n'était pas question de compétition, d'autant que la pauvre Marina avait péri de façon tragique. Mais comment Maya pourrait-elle souffrir la comparaison avec une femme qui avait partagé le lit de Vito et stimulé sa créativité ?

— Mais Vito est un véritable artiste, continua Lina. Il ne cessait de créer, d'étendre le champ de ses réalisations. Petit à petit, Marina a perdu de son influence sur son travail. Et c'est là que les problèmes ont commencé.

— Les problèmes ?

Il n'était pas venu à l'idée de Maya que Vito et sa femme aient pu connaître autre chose qu'une vie parfaitement heureuse. Pourquoi, sinon, serait-il aussi affecté par sa disparition ?

Elle ne connaissait pas les détails et n'osait pas poser de questions, mais, à ce qu'elle avait compris, il était ravagé de culpabilité parce qu'il n'avait pas su protéger la femme qu'il aimait.

— Il ne nous en a jamais parlé. Jamais il ne trahirait leur intimité de cette façon. Mais nous avons assisté à de nombreuses disputes et nous avons vu Marina se déchaîner comme une furie.

— Comme une furie… ?

— Oh oui ! Ça se produisait parfois en public, et très souvent devant la famille ou les amis de Vito.

Maya n'osait imaginer ce que Vito avait ressenti. Lui si pudique, si fier…

Ce devait être terrible pour lui que son épouse se donne en spectacle et que tout le monde connaisse les failles de son mariage.

Cette pensée arracha un frisson à Maya. Elle redoutait le moment où elle devrait avouer à sa famille sa rupture avec Matt, mais, heureusement, il n'y avait eu aucun témoin de ce qui s'était passé entre eux.

— Rien de ce que faisait Vito n'était suffisant, continua Lina. Marina réclamait sa complète attention. Et quand elle ne l'avait pas…

La cousine de Vito ne termina pas sa phrase, mais ferma les yeux et fit un signe de croix en psalmodiant une rapide prière en italien.

— Pardonnez-moi de dire du mal des défunts, dit-elle en rouvrant les yeux. Je pensais seulement que vous deviez savoir certaines choses sur le mariage de Vito.

Les questions se bousculaient à présent dans l'esprit de Maya.

Qu'est-ce qui avait conduit à l'accident fatal de Marina ?

Pourquoi Vito pensait-il en être directement responsable ?

Lui ferait-il suffisamment confiance pour lui en parler d'ici son départ ?

Lina se leva et reprit le plateau à peine entamé.

— Je vais voir ce que font les garçons. Excusez-moi.

Mais Maya avait encore tellement de questions… Lina ne pouvait pas partir comme ça après ce qu'elle avait révélé.

— Lina, s'il vous plaît… Je voudrais seulement savoir…

Mais la cousine de Vito ne la laissa pas achever.

— Je regrette, mais j'ai déjà trop parlé. Le reste, il faudra qu'il vous le dise lui-même.

— Ah, vous êtes là !

Maya ne savait pas combien de temps elle était restée assise dans l'atrium après le départ de Lina.

Lorsque Vito la découvrit, elle était toujours profondément plongée dans ses pensées et l'après-midi touchait à sa fin.

— J'admirais le paysage.

— Si cette vue vous plaît, attendez de voir la suite.

Il lui tendit la main.

— Venez, allons-y !

— Où ?

Il lui avait déjà saisi le poignet et l'obligeait à se lever.

Ils se dirigèrent vers l'arrière de la maison, où étaient garées des voiturettes de golf. Leo et Lina étaient déjà installés avec leurs enfants, ainsi que deux autres couples. Maya leur avait été présentée à leur arrivée, mais elle n'avait pas retenu leurs noms.

— Est-ce que je suis la seule à ne pas savoir ce

qui se passe ? demanda Maya tandis qu'ils roulaient sur un étroit chemin à travers champs.

— Vous verrez, *cara*. Je pense que ça va vous plaire.

Maya étudia son profil tandis qu'il conduisait. Le vent s'engouffrait dans ses cheveux et un sourire étirait ses lèvres. Il avait roulé les manches de sa chemise, découvrant des avant-bras puissants et halés, et les trois premiers boutons de son col étaient défaits.

Tel un mannequin posant pour la couverture d'un magazine de mode, il pouvait adopter n'importe quel style, tout lui allait. Il était aussi beau en pantalon de gabardine beige et chemise en lin ivoire qu'en costume de créateur.

Elle comprenait qu'un tel homme puisse inspirer des émotions fortes et passionnées, mais ce qu'avait décrit Lina lui semblait quelque peu toxique.

Maya n'eut pas le temps d'explorer davantage cette pensée. Lorsqu'ils eurent contourné une petite colline, elle découvrit la surprise promise par Vito.

Devant eux se trouvaient trois montgolfières aux vives couleurs.

Elle ne put retenir un cri de ravissement.

— Oh ! ça alors !

— Ça vous tente ?

— Oh oui ! Je n'en reviens pas !

Un frisson d'excitation courut le long de son dos et elle s'empressa de descendre de la voiturette à peine celle-ci arrêtée.

Elle n'était jamais montée dans une montgolfière. C'était presque trop beau pour être vrai que son baptême de l'air ait lieu en Italie.

Dire que, dans quelques minutes, elle survolerait ce qui comptait parmi les plus beaux paysages d'Europe...

Et avec Vito à ses côtés !

Ce fut plus fort qu'elle, son excitation était trop forte. Elle se retourna et jeta les bras autour du cou de Vito.

Sa réaction fut immédiate. Il lui agrippa la taille et l'attira contre lui pour déposer un court baiser sur ses lèvres.

— Je suis content que ça vous fasse plaisir, murmura-t-il à son oreille.

— Allons-y, vous deux ! leur cria Leo. Vous aurez tout le temps de vous embrasser après.

— On y va ? murmura Vito à Maya.

Mais il ne fit pas un geste pour la libérer.

À regret, elle s'arracha à ses bras.

Il garda la main dans le creux de son dos pour la guider vers la montgolfière centrale.

Le pilote les accueillit chaleureusement et les aida à monter dans la nacelle. Les autres invités se répartirent dans les deux autres montgolfières.

L'engin ne tarda pas à s'élever et Maya eut l'impression que le souffle lui manquait tandis qu'ils montaient de plus en plus haut.

C'était à la fois effrayant et terriblement excitant, et elle s'aperçut qu'elle était en train de rire avec délices.

Lorsqu'ils eurent vraiment pris de l'altitude, Vito se plaça derrière elle et noua les bras autour de sa taille.

— Je n'ai pas les mots pour décrire ce que je ressens, dit-elle en élevant la voix pour couvrir le souffle continu du brûleur, qui envoyait l'air chaud dans le ballon.

Dire qu'elle avait failli passer la journée dans sa chambre d'hôtel, à se morfondre en pensant à Vito !

Une petite voix narquoise au fond de sa tête lui fit remarquer que c'était grâce à Lina si elle se trouvait là. Pas à Vito.

Elle s'efforça de ne pas y penser. Tout ce qui comptait, c'était qu'elle y était, et que Vito la tenait dans ses bras.

Au loin, ils pouvaient voir l'Adige sinuer à travers la plaine du Pô avant de rejoindre l'Adriatique.

— C'est la soirée idéale pour une telle expérience, fit remarquer Vito. Qu'en pensez-vous ?

— Oui. Cette journée a été absolument parfaite de bout en bout.

— Je ne sais pas ce que nous aurions fait si vous aviez eu le vertige.

Elle éclata de rire.

— Vous plaisantez ? Vous voulez savoir combien de fois je suis montée en haut de la *Prudential Tower* ? À titre d'information, c'est le deuxième plus haut gratte-ciel de Boston.

— C'est bien. De toute façon, je n'aurais pas pu vous laisser au sol.

— Quoi ? Vous n'y seriez pas allé sans moi ?

— Jamais !

Une fois de plus, Maya voulut oublier que son intention première avait été de venir ici sans elle. De profiter seul de cette journée pendant qu'elle restait seule à Venise, à tourner en rond dans sa chambre.

Elle chassa cette pensée inutile et ridicule, comme elle l'aurait fait d'un moucheron revenant sans cesse voleter autour d'elle.

Pour le moment, tout ce qu'elle voulait, c'était s'amuser et profiter au maximum de ces moments exceptionnels.

Au-dessous d'eux se trouvait la ville de Vérone, avec ses églises grandioses, ses ponts et ses bâtiments de pierre qui offraient une vue magnifique. Le temps était de la partie et pas un nuage n'obscurcissait le ciel.

Maya ne doutait pas que tout ce qu'elle voyait resterait à jamais gravé dans sa mémoire.

— Je sais que j'ai souvent dit cela, mais j'ai une fois de plus l'impression de vivre dans un tableau.

Elle inclina légèrement la tête pour regarder Vito.

— Si j'étais peintre comme vous, je ne pourrais pas m'empêcher de peindre sans cesse ces magnifiques paysages, ajouta-t-elle. Pourquoi ne le faites-vous pas ?

Il posa le menton sur son épaule.

— Je suis sculpteur, *cara*. Ce dessin que j'ai fait de vous n'était qu'une fantaisie jetée sur le papier. La peinture n'est pas mon mode d'expression.

— Eh bien, dessinez sans considérer ça comme un travail !

Elle se blottit plus étroitement contre lui sans cesser de profiter de la vue.

— Faites-le pour vous amuser. Juste par envie…

Vito ne répondit pas, mais elle sentit qu'il la serrait plus fort contre lui.

Comment se serait passée cette journée si Maya n'avait pas été là ?

Eh bien, plutôt que de profiter de ce qui l'entourait, il aurait compté les minutes jusqu'à ce que ce soit terminé. Peut-être même aurait-il trouvé un moyen d'échapper à la balade en montgolfière.

Quel enseignement fallait-il en tirer sur ce que seraient ses journées après le départ de Maya ?

Il n'était pas certain d'être prêt pour répondre à cette question.

Il regarda la jeune femme descendre de la nacelle. Ses joues étaient en feu et le tissu de sa robe d'été collait à ses formes généreuses.

Elle était la tentation incarnée.

Ils étaient les seuls à avoir atterri à cet endroit, les autres ballons s'étant dispersés pendant le vol, et ils attendaient de pouvoir retourner à la villa. Vito ignorait où ils se trouvaient exactement. Il ne reconnaissait pas les lieux. Après avoir parlé au téléphone, le pilote les informa que leur moyen de transport n'allait pas tarder à arriver. Puis il se mit à travailler sur son ballon.

— Venez, asseyons-nous en attendant, proposa Vito à Maya.

Il la guida vers un arbre à l'imposante ramure et l'aida à s'asseoir contre le tronc. Puis il s'assit près d'elle. Sans un mot ni aucune sorte de préambule, il l'attira dans ses bras. Elle ne protesta pas.

Quand était-ce apparu, cette sensation de complicité et d'évidence qu'il ressentait avec elle ?

Elle avait sa place ici, dans ses bras. Et ils semblaient tous les deux le savoir.

— J'ai hâte de raconter cette aventure en ballon à Zelda et à Lexie.

Vito enfouit le visage dans la texture soyeuse de ses cheveux et respira leur parfum fruité.

— Que leur raconterez-vous d'autre, *cara* ?

— Eh bien, que j'ai rencontré un charmant Italien qui m'a fait vivre un séjour de rêve à Venise. Mais je ne pense pas qu'elles me croiront.

— Ah bon ? Pourquoi ?

— Parce que cela ressemble trop à un conte de fées. Comme si vous étiez trop parfait pour être vrai. Elles penseront que je vous ai inventé pour les rendre jalouses.

— Elles n'ont qu'à venir ici et elles constateront par elles-mêmes que c'est la réalité.

— Ou alors, vous pourriez venir aux États-Unis, vous.

Vito fit courir ses doigts sur la peau douce du bras de Maya.

— C'est quelque chose que vous pourriez envisager, Vito ? insista-t-elle.

Il aurait été possible de mentir et de lui dire qu'il pourrait en effet y songer. Mais il n'irait pas aux États-Unis. Jamais. Ce serait une perte de temps.

Il n'avait rien à offrir à Maya. Rien de lui à donner.

Il n'allait pas lui mentir en la laissant croire qu'il était le genre d'homme qu'une femme comme elle méritait.

— Je n'ai pas l'intention de me rendre aux États-Unis, non, répondit-il. Je suis heureux là où je suis.

Maya se redressa pour le regarder.

— L'êtes-vous vraiment, Vito ? Êtes-vous si heureux que ça ?

Vito se crispa. D'où cela sortait-il ?

— Parlez-moi franchement, je vous en prie. Lina et moi avons discuté et…

Vito décida qu'il en avait assez entendu.

Il se leva sans laisser à Maya la possibilité de continuer. À en croire le tour que prenaient ses questions, il devinait sans peine ce que sa cousine par alliance lui avait dit. Elle lui avait raconté l'échec de son mariage et la tragédie qui avait suivi.

Ni l'une ni l'autre n'avait le droit !

— Vous avez parlé de moi ? De Marina ?

Elle cilla.

— Visiblement, ça vous dérange. Pourquoi ?

Pourquoi ? Avait-elle vraiment besoin de le demander ? N'était-ce pas évident ?

Il garda le silence. Si elle ignorait la réponse, il n'allait pas perdre son temps à lui donner des explications.

Quelle stupidité de sa part ! Il s'était montré d'une telle insouciance avec Maya ! Jamais il n'aurait dû l'accompagner en excursion ! Et surtout, il n'aurait pas dû partager ce dîner avec elle sur le bateau de croisière.

Il s'était laissé embarquer dans une douce rêverie parce qu'il savait que ce serait temporaire.

Mais cela n'avait fait que réveiller de vieilles blessures qu'il avait mis trop de temps à panser.

Il aurait dû se méfier.

— J'entends une voiture, dit-il. Notre chauffeur sera là d'une minute à l'autre.

Évitant le regard de Maya, il lui tendit la main pour l'aider à se lever. Elle se redressa sans la prendre.

Qu'avait-elle dit ?

Le regard obstinément tourné vers sa vitre, Maya regardait défiler le paysage sans le voir, dans le SUV qui les ramenait au domaine.

À côté d'elle, Vito ne bougeait pas. C'était à peine s'il respirait.

Ils n'avaient pas échangé un mot depuis l'arrivée de la voiture.

Elle ne parvenait pas à décider si elle était blessée ou en colère. Les deux, probablement.

Vito avait été terriblement offensé d'apprendre que Lina avait parlé de lui. À l'évidence, il ne voulait pas que Maya connaisse son passé.

Pas même après les journées parfaites qu'ils avaient partagées. Pas même après l'avoir tenue dans ses bras pendant le vol en montgolfière.

Ni après le baiser qu'il lui avait donné pendant la croisière.

Sa gorge se noua tandis qu'elle pensait à la colère et à l'indignation qu'elle avait lues dans les yeux de Vito lorsqu'elle lui avait confié avoir parlé de lui avec Lina.

Il aurait tout aussi bien pu lui dire de se mêler de ses affaires.

Il avait raison, naturellement. Elle avait été stupide de penser qu'il pourrait y avoir quelque chose de profond entre eux.

Aussi incroyable que cela puisse paraître, cette prise de conscience lui faisait plus mal que la trahison de Matt.

Cela n'avait évidemment aucun sens. Elle était sur le point d'épouser Matt, pour l'amour du ciel ! Rien à voir avec un homme rencontré quelques jours auparavant.

Malgré la magie des dernières heures, elle regrettait soudain d'être venue à Vérone avec lui. Maintenant, elle allait devoir affronter de nouveau tous ces inconnus et faire comme si de rien n'était.

Faire comme si elle était une femme amoureuse.

Il y avait de quoi rire, vraiment.

11

Son pouls n'avait toujours pas ralenti lorsque la voiture s'arrêta devant les arcades de l'atrium où elle se trouvait encore deux heures auparavant.

La grand-mère de Vito sortit sur le perron pour leur faire signe de se dépêcher d'entrer.

— Ah, vous voilà enfin ! Venez vite, tout le monde est là ! Et le dîner est servi.

La vieille dame semblait heureuse de les voir.

Malgré sa contrariété, Maya ne voulait pas que sa mauvaise humeur vienne gâcher la journée de qui que ce soit, et encore moins celle de la matriarche dont on célébrait l'anniversaire.

Elle attendit que la *Nonna* soit retournée à l'intérieur pour poser la main sur l'avant-bras de Vito.

— Attendez !

Il lui lança un regard impatient.

— Qu'y a-t-il ?

Maya prit une profonde inspiration. Il ne lui facilitait pas les choses.

— Je suis désolée si je vous ai paru indiscrète. Lina et moi discutions de choses et d'autres, et la conversation est arrivée sur vous.

— Je n'aime pas que l'on parle de moi derrière mon dos.

— Je comprends.

La *Nonna* était revenue sur ses pas et Maya la découvrit soudain qui s'impatientait.

— Mais qu'est-ce que vous faites ? Les lasagnes refroidissent.

Elle ajouta quelque chose en italien avec un signe de main adressé à Vito.

Il prit Maya par le coude.

— Venez. Nous discuterons de tout ça plus tard. Il ne faut jamais faire attendre une grand-mère italienne quand le repas est servi.

Maya le suivit en silence à travers la maison, tout en se demandant ce qu'il y avait encore à dire sur le sujet. Il s'était fâché, elle s'était excusée, fin de l'épisode.

Lina lui avait dit que, si elle voulait en savoir davantage, elle devrait le demander à Vito.

À l'évidence, il n'y avait aucune chance que cela se produise.

Lorsqu'ils entrèrent, tout le monde était assis autour de la longue table et chacun avait commencé à se servir.

— Qu'est-ce qui t'a pris autant de temps, cousin ? demanda Leo d'un ton narquois. Vous aviez envie d'être seuls un moment ?

Vito lui adressa un regard qui aurait intimidé la plupart des hommes, mais Leo se contenta d'éclater de rire.

Lina regarda Maya, un sourcil levé. Maya répondit à cette interrogation muette par un léger haussement d'épaules.

Ils prirent place et les conversations autour d'eux continuèrent à aller bon train, essentiellement en italien.

Maya entama avec hésitation la généreuse part de lasagnes qu'on lui avait servie.

L'odeur des herbes aromatiques, de la sauce bolognaise et du fromage avait de quoi mettre l'eau à la bouche. Mais cela avait beau sembler délicieux, elle n'avait pas d'appétit, ni le cœur à la fête.

Assis à côté d'elle, Vito lui lançait des regards du coin de l'œil. Elle en avait conscience, mais préférait les ignorer.

Comme on était nombreux à table, les chaises étaient collées les unes aux autres et il arrivait fréquemment que leurs bras ou leurs jambes se frôlent.

À chaque contact involontaire, elle ne pouvait s'empêcher de se rappeler les bras de Vito autour de sa taille, ses lèvres sur les siennes…

Des choses qui ne se reproduiraient pas de sitôt…

Soudain, la *Nonna* frappa du plat de la main sur la table.

— En anglais tout le monde ! s'exclama-t-elle. Ne soyons pas impolis avec notre invitée américaine !

Maya ne croyait pas être spécialement timide, mais elle se sentit mal à l'aise quand tous les regards se braquèrent sur elle.

— Oh ! ce n'est pas grave. Ne vous mettez pas en peine pour moi. Je n'ai pas besoin de comprendre tout ce que vous dites.

Nonna secoua la tête.

— Allons, ma petite chérie ! Bien sûr que vous devez participer à la conversation ! Vous êtes des nôtres maintenant !

Elle joignit les mains devant sa poitrine.

— Mais ce qui serait bien, c'est que Vito vous apprenne rapidement notre langue. Tous les invités à votre mariage ne parleront pas forcément l'anglais. Dites-nous ce que vous avez déjà prévu pour le grand jour.

Maya resta sans voix.

Certes, elle avait accepté de se prêter au jeu des fausses fiançailles, mais elle ne s'attendait pas à devoir évoquer un quelconque mariage.

Surtout devant une vingtaine de personnes.

Soudain, elle sentit la main de Vito sur la sienne.

Il se leva de sa chaise et s'éclaircit la gorge.

— *Nonna*, il y a quelque chose que je dois te dire...

Maya comprit son intention. Il voulait rétablir la vérité pour la sortir de l'embarras. Mais non, elle ne pouvait pas lui laisser gâcher la soirée.

Elle lui pressa le genou sous la table pour le faire taire et se leva à son tour.

— C'est encore très récent, vous savez, *signora* Rameri...

— Je vous ai dit de m'appeler *Nonna*, ma chérie.

— Hum... Oui, *Nonna*.

— Ce que je voulais dire, c'est que nous en sommes encore au stade où nous apprenons à nous connaître.

Ce n'était pas un mensonge.

Vito vint à sa rescousse.

— C'est vrai. Je n'ai même pas encore eu le temps de lui offrir une bague.

Là encore, il était assez proche de la vérité.

— Cette toute récente relation a été une surprise pour nous deux, ajouta-t-il.

Il avait beau s'adresser à toute la tablée, Maya remarqua qu'il ne la quittait pas des yeux.

Il était tard quand tout le monde se retira pour la nuit.

Au grand soulagement de Maya, personne n'avait eu l'idée de lui faire partager une chambre avec Vito.

Se trouver étendue avec lui dans un lit aurait été au-dessus de ses forces et elle aurait probablement cédé à la tentation de lui réclamer ce qu'elle désirait tellement…

Elle venait de se changer pour la nuit et se brossait les dents quand on frappa à la porte.

Ce devait être la *Nonna* qui faisait une ronde pour souhaiter bonne nuit à ses invités.

Maya traversa la chambre et ouvrit la porte, prête à remercier une nouvelle fois la vieille dame pour son hospitalité.

Elle resta bouche bée en découvrant Vito sur le seuil.

Elle vit ses yeux s'assombrir tandis qu'il la détaillait des pieds à la tête et se retint à grand-peine de croiser les bras sur sa poitrine, consciente que sa courte nuisette à fines bretelles en révélait trop.

— Que puis-je faire pour vous ? demanda-t-elle aussi sèchement que possible.

— Vous avez une minute ? Je voudrais vous montrer quelque chose. Ça ne prendra pas longtemps.

— Oui, pourquoi pas ? Laissez-moi juste le temps d'enfiler quelque chose de plus décent.

Il marmonna des paroles et Maya crut entendre : « Si vous y tenez vraiment… »

Vito attendait patiemment dans le couloir quand Maya réapparut, vêtue d'un jean dans la ceinture duquel elle avait glissé sa nuisette, d'un léger gilet en coton et d'espadrilles.

— Que voulez-vous me montrer ?

Il lui fit signe de le suivre jusqu'au bout du couloir. Là, ils empruntèrent un long corridor, avant d'entrer dans un vaste salon d'étage ouvrant sur une terrasse à balustres de pierre.

La vue sur les vignes et les collines environnantes y était à couper le souffle, mais Maya comprit que ce n'était pas cela que Vito voulait lui montrer.

— Qu'est-ce que c'est beau ! s'exclama-t-elle à mi-voix.

Le ciel, semblable à un velours bleu profond, était piqueté d'étoiles qui scintillaient comme autant de minuscules diamants.

Songeant qu'elle n'oublierait jamais cette vision extraordinaire, elle se demanda pourquoi elle n'avait pas visité l'Italie plus tôt.

Peut-être aurait-elle rencontré Vito avant qu'il ne se marie, avant qu'il ne devienne cet homme aigri et blessé qui ne voulait pas s'engager. Ils auraient pu apprendre alors à se connaître et peut-être formeraient-ils aujourd'hui un couple heureux…

— Pouvons-nous rester un peu ici ? demanda-t-elle.

— Bien sûr.

Il désigna un canapé d'extérieur en rotin garni de confortables coussins.

— Mettez-vous à l'aise.

Maya s'assit en repliant ses jambes sous elle et Vito prit place à côté d'elle, un bras étendu sur le dossier.

En silence, ils observèrent le ciel un long moment, puis Vito reprit la parole.

— Je vous félicite pour votre comportement pendant le dîner. Je suis impressionné.

— Je n'allais tout de même pas gâcher l'anniversaire de votre grand-mère !

— Leo aurait été le seul à blâmer si cela s'était produit.

Maya ne pouvait qu'être d'accord avec lui.

Elle ignorait les motivations de Leo, mais le cousin de Vito devait bien savoir que la vérité finirait par éclater à un moment ou à un autre.

Que dirait Vito à sa grand-mère la prochaine fois qu'il viendrait la voir, sans sa fiancée ?

Avouerait-il que c'était un mensonge ? Ou inventerait-il une brutale et douloureuse rupture ?

Vito interrompit ses spéculations.

— Je voudrais m'excuser pour la façon dont j'ai réagi après le vol en montgolfière. Quand j'ai appris que vous aviez parlé de moi avec Lina.

Elle ne s'attendait pas à cela.

— Pourquoi cela vous a-t-il autant contrarié ?

Confortablement calée contre les coussins, Maya contempla à la dérobée le profil énergique de Vito qui se découpait dans la pénombre.

Fascinée, elle scruta chaque détail de ses traits : le front haut, les yeux autour desquels on devinait de fines rides, les lèvres pleines et sensuelles…

Il chercha son souffle avant de répondre.

— Parce que cela signifiait que vous aviez évoqué mon mariage et c'est un sujet sensible pour moi.

— Je comprends.

En dépit de sa curiosité, Maya était prête à abandonner le sujet. Elle tenait à respecter les souhaits de Vito.

Il la surprit en poursuivant la conversation.

Penché en avant, il posa les coudes sur ses genoux.

— Ma femme avait un caractère très passionné. Je pensais être à la hauteur du défi, mais je me trompais.

Elle tendit le bras et lui caressa l'épaule pour le réconforter.

— Vous pouvez m'en parler, Vito.

Il garda le silence si longtemps qu'elle crut que la conversation allait s'arrêter là.

Lorsqu'il reprit enfin la parole, sa voix était tendue et rocailleuse.

— Marina était habituée à être le centre de toutes les attentions. Lorsque nous nous sommes rencontrés, j'étais heureux de lui accorder la mienne. J'ai même créé certaines sculptures en m'inspirant de ses suggestions. Mais ça n'a pas duré. C'était impossible.

Maya ne fit pas de commentaire, laissant Vito se confier autant qu'il en avait envie.

— Comme vous pouvez le deviner, les choses se sont vite envenimées. Je me suis convaincu que rien n'était ma faute. Je me disais que je ne pouvais pas correspondre en tout point à ce qu'elle voulait, à ce dont elle avait besoin.

Il eut une petite moue désolée, comme pour reconnaître qu'il avait fait preuve de négligence.

— J'avais ma carrière. Je commençais à être connu un peu partout dans le monde. Mon travail était apprécié. Plus on me réclamait, plus Marina devenait malheureuse. Elle disait que je n'avais jamais de temps pour elle, que nous ne faisions plus rien ensemble. Elle m'a même accusé d'être infidèle.

Il soupira avant de poursuivre.

— Elle a commencé à me poser des ultimatums, mais j'étais trop occupé pour y prêter attention.

Il eut un petit rire amer.

— Le parfait cliché de l'artiste trop absorbé par son travail pour réaliser ce qui se passe juste sous son nez.

— Que s'est-il passé ?

— Marina était de plus en plus irritée, déprimée. Elle a dit qu'elle me ferait payer le fait de l'avoir abandonnée comme une vieille poupée inutile.

Il resta un moment les yeux perdus dans le vide, avant de murmurer :

— Je n'aurais jamais imaginé qu'elle irait aussi loin.

Maya comprenait mieux maintenant pourquoi il se comportait comme s'il portait tout le poids du monde sur ses épaules.

— Plus elle me menaçait, moins je l'écoutais. Je pensais qu'elle se préparait à me quitter.

Vito se frotta les yeux et Maya crut voir sa main trembler.

— J'ai honte de dire que ça ne m'inquiétait pas tant que ça. Je me disais qu'un divorce ne serait peut-être pas une mauvaise chose.

— Mais ce n'était pas à cela qu'elle pensait, n'est-ce pas ?

— Je n'en sais rien, et c'est bien ça le problème.

Il soupira.

— Je n'ai jamais su avec certitude quelle était son intention. Un après-midi, elle est partie furieuse en disant qu'elle allait chez ses parents, qui habitaient sur la côte amalfitaine. Je n'ai pas eu de ses nouvelles pendant toute une semaine.

Il chercha son souffle.

— Et je n'ai pas pris la peine d'appeler pour savoir comment elle allait.

— Oh ! Vito…

L'angoisse qui émanait de lui était presque palpable et les yeux de Maya s'étaient emplis de larmes.

— Une nuit, reprit-il, on m'a appelé pour me dire qu'elle avait perdu le contrôle de sa voiture alors qu'elle roulait le long des falaises de Sorrento.

Maya avait terriblement envie de le consoler, mais existait-il des mots pour gommer cette culpabilité qu'il ressentait encore aujourd'hui, après plus de trois ans ?

Rien de ce qu'elle pourrait dire ne ferait la différence.

Non seulement Vito devait affronter la mort de sa femme, mais il se demanderait toujours si c'était un accident ou un suicide.

Auquel cas il en avait été la cause.

12

— Vous n'étiez pas obligé de me raccompagner à l'hôtel, déclara Maya tandis qu'ils pénétraient ensemble dans le hall.

Vito avait passé la quasi-totalité du voyage à essayer de savoir ce qu'il dirait une fois à Venise.

Malheureusement, il n'en avait toujours pas la moindre idée.

Il tendit la main pour repousser une mèche de cheveux derrière l'oreille de Maya avant de répondre.

— Cela ferait de moi un homme bien peu galant si je vous avais laissée rentrer seule.

— Je ne sais pas…

Elle se mordillait la lèvre, tout en se dandinant d'un pied sur l'autre. Quelque chose la taraudait visiblement et elle hésitait à l'exprimer à haute voix.

— Je ne sais pas non plus si je dois vous inviter à monter.

Et voilà ! On y était.

Il s'était demandé comment se passeraient leurs adieux et il le savait à présent.

— Vous en avez envie ?

— Ce n'est pas parce que j'ai envie de quelque

chose qu'il s'agit forcément d'une bonne idée. Il ne vaut mieux pas, en fait.

Vito comprenait son dilemme et il ne la pousserait pas à prendre cette décision. Elle lui appartenait, à elle et à elle seule.

Il savait que le lendemain serait la dernière journée de la jeune femme à Venise. Ensuite, elle partirait pour Florence, s'éloignant de lui irrémédiablement.

Son cœur se serra à la pensée qu'elle allait sortir de sa vie pour toujours.

Mais c'était mieux ainsi. Maya avait besoin d'aller de l'avant. Ce séjour à Venise n'avait été pour elle qu'une amusante escapade, un moyen de surmonter l'un des moments les plus déstabilisants de sa vie.

À présent, elle devait s'accorder le temps de vraiment digérer la rupture et il n'avait d'autre choix que de la regarder s'en aller.

Ils savaient tous les deux que le temps qu'ils passeraient encore ensemble était compté.

— Je sais que je vous l'ai déjà dit, mais votre ex-fiancé est un idiot, *cara*.

Elle battit des paupières, le regard chargé d'émotion.

— Vous ne pouvez pas dire des choses comme ça, Vito. Pas quand vous restez figé devant moi, à essayer de trouver un moyen de me dire au revoir.

— C'est ce que je fais ?

— Ah non ?

Elle soupira et regarda ailleurs.

— Il vous reste encore une journée à Venise, n'est-ce pas ?

Elle hocha lentement la tête.

— Vous savez où me trouver, *cara*. Venez à l'atelier demain, si vous voulez.

Il ne savait pas qu'il allait prononcer ces mots avant qu'ils ne s'échappent de ses lèvres.

Mais il venait de découvrir qu'il n'était pas prêt à ce que cela se termine déjà, aussi soudainement, alors qu'il restait encore une journée à Maya.

Il prendrait tout le temps qu'elle voudrait bien lui donner, mais il fallait que la décision vienne d'elle.

Le lendemain matin, Maya se dit qu'elle devrait passer la journée à faire ses bagages et à répondre à ses messages et mails manqués. Puis elle s'accorderait une dernière promenade dans cette ville merveilleuse.

Après tout, elle ne savait pas si elle reviendrait un jour à Venise. Même si elle y avait passé les journées les plus significatives de sa vie…

En revanche, ce qu'elle ne devait faire à aucun prix, c'était suivre la suggestion de Vito et aller lui rendre visite à son atelier.

Elle se dirigea vers la salle de bains et se glissa sous la douche. Elle s'attarda longtemps sous la caresse ferme du jet, laissant l'eau tiède soulager la tension de ses épaules.

Elle avait pris la bonne décision. Une séparation franche serait plus facile. Mieux valait arracher le pansement d'un coup.

Une fois habillée, elle comprit qu'elle s'était bercée d'illusions.

Bien sûr qu'elle irait voir Vito !

Il était impossible d'en rester là, avec tous ces non-dits entre eux. Son cerveau essayait peut-être de lui expliquer quelque chose, mais son cœur était en totale contradiction avec ce discours.

Une heure plus tard, elle poussait la porte de la galerie de Vito.

Il se leva dès qu'il la vit et contourna la table en marbre qui faisait office de comptoir d'accueil.

— Vous êtes venue, *cara*. Je n'en étais pas sûr.

Elle non plus.

Jusqu'à ce qu'elle se retrouve devant sa porte.

— En fait, j'ai failli faire demi-tour dix fois.

À présent, elle était heureuse de ne pas l'avoir fait.

Il semblait ne pas avoir dormi depuis qu'il l'avait quittée. Des cernes soulignaient ses yeux, et ses cheveux étaient en désordre, comme s'il n'avait cessé d'y passer les doigts.

Était-il possible qu'il ait pensé à elle comme elle avait pensé à lui ?

Il s'avança et son odeur à présent si familière l'enveloppa.

Du bout des doigts, il lui caressa la joue, lui arrachant un frisson.

Comment avait-elle pu avoir la naïveté de croire qu'elle avait été amoureuse de Matt ?

— Il va falloir trouver un moyen de célébrer votre dernier jour à Venise, murmura-t-il.

Il s'était avancé si près qu'elle crut un instant qu'il allait l'embrasser.

Il n'en fit rien, mais lui prit la main.

— Je veux vous montrer quelque chose.

Maya le suivit dans l'arrière-boutique, où elle s'était endormie quelques jours auparavant.

Il la guida vers un chevalet posé au milieu de la pièce.

Une peinture. Elle en était à ses tout débuts, mais on voyait déjà ce que cela représenterait : la campagne autour de Vérone, telle qu'elle leur était apparue depuis la montgolfière.

— Oh ! Vito… C'est ravissant, s'extasia-t-elle.

— C'est grâce à vous si ça existe. J'y ai travaillé toute la nuit.

— Je ne sais pas quoi dire…

— Eh bien, ne dites rien, *cara*. D'ailleurs, pour tout vous dire, j'aimerais mettre ce projet de côté pour le moment.

— Ah bon ? Mais pourquoi ?

— Il y a quelque chose d'autre que j'aimerais peindre.

— Quoi donc ?

— Vous. Si vous me le permettez, j'aimerais faire un portrait de vous.

Maya fit un effort pour masquer sa déception.

Ce n'était pas ainsi qu'elle avait imaginé sa dernière journée avec Vito. Elle avait plutôt des images troublantes de leurs deux corps enlacés dans une étreinte passionnée, des mains de Vito sur sa peau…

Apparemment, ils n'étaient pas sur la même longueur d'onde.

— Vous voulez me peindre ?

Il hocha la tête avec enthousiasme.

— Oui.

— Que dois-je faire ?

Perchée sur un tabouret dans l'arrière-boutique de Vito, Maya avait l'impression de vivre l'expérience la plus intime qu'elle eût jamais connue avec un homme, même s'il ne la touchait pas.

Elle avait conservé ses vêtements, mais elle se sentait plus exposée que jamais. La façon dont Vito avait ébouriffé ses cheveux, remonté sa jupe sur ses cuisses et fait glisser son chemisier pour découvrir une épaule lui donnait l'impression qu'elle avait commencé à se dévêtir en attendant son amant.

Vito travaillait en silence et le seul son qu'on entendait dans la pièce était le tic-tac de la pendule accrochée au mur.

Après ce qui parut une éternité à Maya, alors qu'elle songeait qu'elle ne pourrait plus garder très longtemps la pose, il posa son pinceau.

— Nous pouvons arrêter. Je pense que j'ai assez de détails pour continuer sans vous.

Elle poussa un soupir de soulagement et fit jouer ses muscles noués. Puis elle se leva et rejoignit Vito devant le chevalet.

— Qu'en pensez-vous ?

Maya dut s'y reprendre à deux fois pour appréhender le portrait. Elle ne reconnaissait pas la femme qu'elle voyait. C'était beaucoup plus nuancé que le dessin qu'il avait fait d'elle le jour de leur rencontre. Et cela montrait d'elle certaines facettes qu'elle ne pensait pas posséder.

— Je suis époustouflée, Vito. C'est tellement…

Il lui était impossible de transcrire ses émotions en mots.

— Cette femme semble tellement sûre d'elle ! Cette façon de tenir sa tête, de regarder droit devant elle… C'est ce que vous voyez en moi ?

— Oui, répondit-il simplement. Mais je pense que la question que vous devriez vous poser est tout autre. Comment ne le voyez-vous pas vous-même ?

Maya n'avait pas répondu à sa question. À dire vrai, elle n'avait pas beaucoup parlé depuis qu'elle avait découvert son travail.

— Quelque chose ne va pas, *cara* ?

Elle hocha lentement la tête, mais ne dit toujours rien. En fait, son silence était en train de le rendre fou.

— De quoi s'agit-il, *bella* ?

— J'ai un aveu à vous faire.

Enfin, elle parlait. Même si sa voix n'était qu'un murmure qui l'obligeait à tendre l'oreille.

— Je pensais à la façon dont vous m'avez embrassée sur le bateau et… je voudrais que vous m'embrassiez à nouveau.

Vito ne put résister plus longtemps ; il était humain, après tout. Il l'attira à lui et l'embrassa comme il en rêvait depuis la première fois qu'il avait posé les yeux sur elle.

Mais loin d'être un baiser pudique et tendre, comme celui qu'ils avaient échangé pendant la croisière, ce fut un baiser impatient, vibrant de sensualité, qui cherchait à communiquer à Maya le désir impérieux qu'il avait d'elle.

Lorsqu'ils s'écartèrent, un sentiment de perte et d'abandon le submergea. Un sentiment si fort qu'il ne put le supporter.

Il tendait le bras vers elle, cherchant à l'attirer de nouveau contre lui, quand elle reprit la parole.

— J'ai un autre aveu à vous faire.

— Oui, *cara* ?

— En fait, je voudrais plus qu'un baiser, Vito. Beaucoup plus…

Les mots de Maya dansaient dans sa tête une sarabande effrénée, tandis qu'un brasier se propageait dans ses veines.

Il ne pouvait pas refuser, même s'il avait conscience de son égoïsme ; car, oui, ce serait sans doute la décision la plus égoïste qu'il eût jamais prise.

Soulevant Maya dans ses bras, il l'emporta à l'étage.

Maya n'eut pas à ouvrir les yeux pour savoir que Vito avait quitté le lit. Elle sentait son absence, la disparition de la chaleur de son corps à côté du sien.

Elle se sentait languide, vidée de toute énergie, mais la sensation était délicieuse. Elle avait envie d'être étreinte à nouveau, de connaître une fois encore cet éblouissement des sens qu'il lui avait fait découvrir.

Où était-il allé ?

S'obligeant à se lever, elle enfila la chemise que portait Vito quand elle était arrivée. Se rappelant qu'elle la lui avait presque arrachée un peu plus tôt, tant elle était impatiente de sentir sa peau chaude et ferme sous ses doigts, elle rougit un peu.

Elle trouva Vito dans la cuisine, en train de jeter des pâtes dans de l'eau bouillante.

Il ne portait que son caleçon et elle ne put résister à la tentation de le toucher.

Elle passa les bras autour de sa taille et sentit qu'il se crispait.

Aussitôt, un signal d'alarme résonna dans sa tête. Quelque chose ne tournait pas rond.

Elle laissa retomber ses bras et s'écarta.

— J'ai pensé que tu aurais faim, dit-il d'un ton qu'elle trouva étonnamment détaché. Je n'ai que des spaghettis, mais il y a la sauce *marinara* faite maison que la *Nonna* m'a donnée, avant que je ne reparte.

Moi. Je.

Vito ne s'en rendait peut-être pas compte, mais il utilisait le singulier. *Nonna* leur avait offert le pot de sauce à tous les deux quand ils avaient quitté le domaine.

C'était comme s'il avait déjà effacé sa présence.

Lorsqu'ils se retrouvèrent assis face à face à la table ronde, Maya s'aperçut qu'elle n'avait pas faim du tout.

Vito attaque son plat de pâtes en paraissant éviter soigneusement de la regarder.

Elle savait que ce n'était pas son imagination. Vito regrettait bel et bien de l'avoir écoutée.

Et si elle voulait en être sûre, il n'y avait qu'un seul moyen.

— Nous devons parler de ce qui s'est passé entre nous, Vito.

— Je n'en suis pas si sûr.

— Comment peux-tu dire ça ?

— La réalité, c'est que tu seras partie demain, *cara*. Tout ce que nous pourrons dire sera vide de sens. Dans quelques jours, chacun de nous aura repris le cours de son existence.

Il semblait si indifférent…

Telle une enfant, Maya avait envie de se boucher les oreilles. Toutefois, ce n'était pas l'attitude à adopter. Au contraire, elle devait essayer de le convaincre. Sinon, elle ne se le pardonnerait jamais.

— Je serai en Europe jusqu'à la fin du mois, Vito. Ça nous laisse du temps.

— Du temps pour faire quoi ?

Quel genre de question était-ce là ? Faisait-il exprès de se montrer borné ?

— Pour apprendre à bien se connaître.

— Je te l'ai dit, je n'ai pas l'intention de quitter Venise.

— Même avec moi ?

Il secoua la tête.

— J'en ai peur, hélas.

Cette réponse fut comme un poignard qu'il lui aurait enfoncé dans le cœur.

— Alors, c'est fini ? Tu vas m'oublier aussi facilement ?

— Je n'ai pas dit ça.

— Qu'est-ce que tu as dit, alors ?

Il haussa les épaules.

— Que je n'ai rien à t'offrir.

— Ce n'est pas vrai. C'est l'excuse que tu utilises pour ne pas prendre de risques.

— Mais c'est la vérité, *cara*. Je ne suis pas capable de tomber amoureux.

Il soupira.

— Je n'ai pas ça en moi, ajouta-t-il.

— Et si, moi, j'étais déjà tombée amoureuse de toi, Vito ?

Maya n'avait plus aucune raison de lui cacher la vérité. Elle n'avait rien à perdre, après tout.

Le visage de Vito devint livide.

— Je suis désolé, Maya. Le conseil que je peux te donner, c'est d'essayer de dépasser ce que tu crois ressentir pour moi. Continue à vivre comme si je n'existais pas.

La gorge nouée, elle dut faire un effort pour reprendre la parole.

— Comment veux-tu que je fasse ça ? Tu crois vraiment que je le pourrais ?

Il garda le silence et elle comprit qu'elle n'aurait pas d'autre réponse.

— Alors, ça se termine comme ça ? reprit-elle en criant presque.

Et elle se moquait bien de laisser transparaître sa colère et son chagrin face à l'indifférence qu'il manifestait.

— Tu as pris ta décision en te cachant derrière ton deuil !

Une lueur dangereuse passa dans les yeux de Vito, mais elle soutint son regard sans se laisser intimider.

— Qu'est-ce que ça veut dire ?

— Je crois que tu le sais.

— Sois assez aimable pour m'expliquer quand même.

Son ton était froid, cassant, et la mise en garde était claire. Maya décida de ne pas en tenir compte.

— Ça veut dire que tu te complais tellement dans ton passé que tu refuses de regarder ce que l'avenir peut te réserver.

Vito resta de marbre.

— Je vois que tu as décidé que tu pouvais m'analyser. Continue !

Elle savait qu'il la défiait et qu'elle ferait mieux de s'arrêter là. Mais elle ne pouvait s'en empêcher. L'enjeu était trop important.

— Tu ne veux pas avancer, Vito. Tu veux rester

coincé dans le passé et ressasser ta culpabilité. Tu ne veux pas te donner une nouvelle chance. Parce que c'est plus facile de jouer les victimes. Parce que tu as peur.

— D'accord. Et si on parlait un peu de toi, maintenant ?

— De moi ?

— Qu'est-ce qui te fait penser que tu t'es détachée de ton passé, toi ?

De quoi pouvait-il bien parler ? Il devait bien voir qu'elle n'avait plus de sentiments pour l'homme auquel elle avait été fiancée.

— Je ne sais pas de quoi tu parles. Après l'après-midi que nous avons passé dans ton lit, tu devrais comprendre que mes fiançailles sont de l'histoire ancienne.

Il éclata de rire. Un rire dur et méchamment moqueur, qui résonna à travers la cuisine et donna de nouveau à Maya l'envie de se boucher les oreilles.

— Tu me prends pour un idiot ? Ça, je l'ai compris quand je t'ai embrassée sur le bateau. Non, je parlais du fait que tu veux toujours faire plaisir aux autres.

Maya se crispa. Il n'avait pas le droit de parler de ça. Il ne connaissait pas sa vie.

— Quels autres ?

— Ta famille adoptive.

— Eh bien ?

— Tu as passé ta vie à t'assurer qu'ils ne regrettent pas de t'avoir recueillie. Depuis le choix de tes études jusqu'à ton emploi chez ton oncle.

— C'est faux, je…

Elle n'acheva pas sa phrase. Les arguments qu'elle

voulait développer lui échappaient. C'était trop difficile de penser face à l'attitude sarcastique de Vito.

— C'est exactement ce que tu as fait, insista-t-il. Tu n'as eu de cesse de te fondre dans le même moule que ta famille adoptive, afin de leur montrer que tu étais digne de leur amour. Et tu oses m'accuser de vivre dans le passé ?

Un cri d'angoisse jaillit de la gorge de Maya sans qu'elle ait pu le retenir.

Il n'y avait plus rien à dire.

L'idée qu'il se faisait d'elle était totalement fausse. Il ne la connaissait pas. Il n'avait pas le droit de porter de tels jugements sur elle.

Reculant sa chaise, elle se leva, surprise que ses jambes parviennent à la porter tant elles tremblaient.

Il fallait qu'elle s'en aille avant qu'il ne la voie s'effondrer en larmes.

13

Quarante-huit heures plus tard, Maya était à Florence, avec le sentiment qu'une vie entière s'était écoulée depuis qu'elle avait quitté l'atelier de Vito.

Un dîner était réservé au restaurant de l'hôtel, mais elle n'avait pas le courage de se retrouver une fois de plus seule à une table.

Cependant, il faudrait bien qu'elle s'y habitue, puisqu'elle passerait le reste du voyage en tête à tête avec elle-même.

Vito aurait pu être là avec elle. Mais non, il avait choisi de la regarder sortir de sa vie.

Elle laissa tomber ses bagages au milieu de la chambre et s'exhorta à ne pas pleurer.

Une vue époustouflante sur Florence s'étalait devant ses yeux et elle était incapable de l'admirer.

Elle tira les rideaux et s'effondra sur le lit. Elle se sentait encore plus mal que le matin de son arrivée à Venise, seule et croyant avoir le cœur brisé.

Comme elle se trompait !

Maintenant qu'elle était vraiment tombée amoureuse, elle réalisait la vacuité de ses sentiments pour Matt. Il ne l'avait jamais fait frissonner, n'avait jamais provoqué un désir violent à travers tout son corps par un simple sourire. Il ne lui avait jamais donné envie de gémir comme un animal blessé à l'idée qu'elle ne le reverrait plus jamais.

Un seul homme lui avait fait ressentir tout cela.

Et il lui avait demandé de partir.

Le sanglot qu'elle retenait s'échappa de sa gorge.

Vito avait raison. Elle devait l'admettre.

Elle avait passé toute sa vie à faire en sorte d'être à la hauteur pour sa famille.

Même la décision de se fiancer avait été prise en fonction de l'impact que cela aurait sur son oncle, sa tante et ses cousines.

Maya s'empara de son téléphone italien à carte prépayée et composa un numéro qu'elle connaissait par cœur.

Mais la connexion ne se fit pas. Une voix robotisée lui dit quelque chose en italien, qu'elle ne comprit pas.

Dépitée, elle jeta le téléphone sur le lit et se demanda ce qu'elle devait faire.

Elle était seule dans une ville étrangère et son cœur était en miettes. Ce qui devait être le voyage de toute une vie s'était transformé en catastrophe.

Et elle n'avait personne à blâmer, sinon elle-même.

Maya s'accorda une bonne heure à s'apitoyer sur son sort, puis elle s'empara du téléphone de l'hôtel et appela la réception.

Une voix féminine à l'intonation amicale lui répondit après la deuxième sonnerie.

— *Buongiorno, signorina* Talbot. En quoi puis-je vous aider ?

— Je voudrais passer un appel international, s'il vous plaît.

La voix familière de Zelda se fit entendre après une série de longues sonneries.

— Maya Papaya !

L'emploi du ridicule surnom dont ses cousines l'avaient affublée arracha un sourire à Maya.

— Salut, ZeeZee !

— Il était temps que tu appelles. Et tu tombes bien, en plus. Lexie est là avec le bébé.

Le cœur de Maya se serra. Ils lui avaient manqué, tous. Sa tante, son oncle, Zelda et Lexie. Et aussi le bébé, qu'elle considérait plus comme un neveu que comme un petit-cousin.

Le mal du pays lui noua soudain le ventre avec une surprenante intensité.

— Attends, je vais mettre le haut-parleur pour que tu puisses dire bonjour à Lexie et à Owen.

— Salut, Lex. Coucou petit monsieur O.

— Salut, cousine. Tu nous manques ! Alors, comment ça se passe ? Tu as rencontré un bel Italien ?

Maya se mordit la langue pour ne pas pleurer.

— Oh… Hum…

Zelda parut aussitôt deviner qu'il y avait un problème.

— Maya ? Dis-nous ce qui ne va pas. C'est à cause de Matt ? Il nous a appelées, tu sais. Il voudrait que nous te raisonnions.

— Non. Ce n'est pas à cause de lui.

— Explique-nous, alors.

L'inquiétude et l'affection qu'elle entendait dans la voix de Zelda incitèrent finalement Maya à se confier.

D'une voix tremblante, elle commença à leur raconter

toute l'histoire, les mots coulant de ses lèvres tel un torrent en furie.

Lorsqu'elle eut terminé, un long silence s'ensuivit.

L'espace d'un instant, Maya crut que la communication avait été coupée. Puis ses cousines se mirent à parler toutes les deux en même temps. Maya ne comprit pas grand-chose, à part quelques grossièretés ici et là, qui auraient provoqué l'indignation de tante Talley.

Finalement, la voix de Zelda se fit entendre distinctement.

— Écoute-moi, Maya. Rentre à la maison. Reviens à Boston.

Maya renifla et s'essuya la joue d'un revers de main.

— Mais Fran a payé…

— Elle comprendra. Elle tient plus à toi qu'à un stupide voyage.

Maya ne pouvait pas dire le contraire. Quand sa grand-mère apprendrait ce qui lui était arrivé, elle la prendrait dans ses bras et la consolerait, à grand renfort de thé et de gâteau au chocolat.

— Oui, renchérit Lexie d'une voix ferme. Reviens, Maya. Le plus vite possible.

Maya ne put se retenir davantage. Au risque d'inquiéter un peu plus encore ses cousines, elle éclata en sanglots.

Zelda et Lexie avaient raison. Elle n'avait plus rien à faire en Italie.

Elle avait besoin de sa famille.

Incapable de se concentrer sur sa lecture, Vito replia son journal et le posa sur la table du café où il avait ses habitudes. Celui-là même où, depuis la terrasse, il avait posé pour la première fois les yeux sur Maya.

Son regard ne cessait de se porter vers l'endroit où il l'avait vue, comme si elle allait soudain y apparaître.

Elle lui avait dit qu'elle l'aimait et il l'avait rejetée.

Désormais, il faudrait qu'il trouve un moyen de vivre avec cette nouvelle culpabilité.

Une ombre le surplomba soudain.

— Je savais bien que je te trouverais là, cousin.

Leo tira une chaise à une table voisine et s'assit en face de lui.

En temps normal, Vito aurait protesté de voir sa tranquillité ainsi troublée. Mais aujourd'hui, il ressentait le besoin d'avoir de la compagnie.

Il ne se priva pas pour autant d'une remarque sarcastique.

— Je t'en prie, Leo. Assieds-toi !

Leo tendit le bras pour prendre le double expresso de Vito et en but une gorgée sans demander la permission.

— Je te trouve bien morose. J'en déduis que tu as raté ta chance.

— Je ne vois pas de quoi tu parles.

— Tu as laissé partir Maya, n'est-ce pas ? Hier, c'était bien son dernier jour à Venise ?

— Oui. Aux deux questions. Et je n'ai pas envie d'en parler.

Leo fit signe au serveur, qui hocha la tête. Tout comme Vito, c'était un habitué qui n'avait pas besoin de passer commande pour qu'on sache ce qu'il voulait boire.

— Naturellement, tu ne veux pas en parler. Tu préfères ne pas m'entendre te dire quel idiot tu peux être.

— Je présume que tu vas me le dire quand même.

Leo se pinça l'arête du nez entre le pouce et l'index.

— Vittorio, crois-moi, je préférerais ne pas avoir à le faire.

— Alors ne le fais pas. Je te l'ai dit, je n'ai pas envie de parler de Maya. Elle est partie et ne reviendra pas. Ne gaspille pas ta salive et mon temps avec ce sujet.

— Bien. Dans ce cas, nous allons parler de toi.

Vito grommela, ce qui n'empêcha pas Leo de continuer.

— Combien de temps encore vas-tu te rendre responsable de la mort de Marina ?

Vito eut envie de quitter la table, mais il savait que son cousin n'hésiterait pas à le suivre.

— Tu veux savoir ce que je pense ? Tu te sers du passé pour te cacher de l'avenir.

Vito se crispa. Maya lui avait dit la même chose.

— Tu vas trop loin, Leo.

Mais son cousin n'en avait pas terminé. Posant les coudes sur la table, il se pencha vers lui.

— Tu oublies que j'étais avec toi quand tu as reçu ce tragique coup de téléphone. J'ai vu comment tu culpabilisais, alors que tu n'y étais pour rien.

Le souvenir de cette nuit tempéra la colère de Vito à l'égard de Leo. Il ne savait pas ce qu'il serait devenu si son cousin n'avait pas été là pour le soutenir.

— Que veux-tu que je fasse, Leo ?

La réponse fut immédiate.

— Arrête de te punir ! Ton obstination te vide de ta passion, de ta volonté. Tu n'as rien créé depuis trois ans.

Leo se trompait sur ce dernier point. Il y avait ce tableau qui attendait sur un chevalet. Vito l'avait recouvert d'un drap, car il ne pouvait plus supporter de le regarder, maintenant que son modèle n'était plus là.

Il ne savait pas non plus quoi en faire. C'était comme une petite mort à chaque fois qu'il passait à côté, mais il ne pouvait se résoudre à le détruire.

— Ce n'est pas comme si je pouvais appuyer sur un bouton, Leo.

— Bien sûr que non. Mais ces derniers jours, tu as dû te rendre compte que tu pouvais graduellement dépasser ton deuil. Ta façon d'être avec Maya m'a rappelé l'homme que tu étais avant…

Leo ne termina pas sa phrase, mais Vito avait compris. Seulement, cet homme-là n'existait plus.

— Je ne suis pas fait pour la vie de couple, Leo, essaya-t-il d'expliquer. Je l'ai appris de la plus cruelle des façons. Je ne veux pas prendre à nouveau le risque avec une autre femme.

— La vie n'est faite que de prises de risque, mon cher cousin. Tu ne fais pas exception.

— Peu importe. Je n'ai rien à offrir à une femme comme Maya. Elle a besoin de stabilité et d'engagement. Il lui faut un homme capable de l'aimer sans limite ni condition. Et je sais que je ne suis pas cet homme-là.

Il soupira, conscient de l'inanité de cette conversation.

— De toute façon, elle est à Florence à l'heure qu'il est.

— Ce n'est qu'à trois heures de route.

Il consulta sa montre.

— Et il est encore tôt.

Vito secoua la tête.

— Non. Il est trop tard. Je lui ai dit des choses impardonnables.

— Ne décide pas à sa place, cousin. Et il n'est jamais trop tard.

— Je suis désolée, vous arrivez trop tard, monsieur. Mlle Talbot a quitté l'hôtel.

Vito jura si violemment que la pauvre réceptionniste fit un bond en arrière.

Il marmonna des excuses et tourna les talons.

Maya était partie, et sans doute pour de bon.

Elle avait dû modifier son programme et quitter Florence plusieurs jours avant la fin de son séjour.

En attendant qu'elle rentre à Boston, il n'avait aucun moyen de la localiser.

Il ne lui restait plus qu'à retourner à Venise. Seul.

14

Sa tante était venue la chercher à l'aéroport. Un flot d'émotions submergea Maya quand elle la vit et ses yeux s'emplirent de larmes.

Elle s'empressa de les essuyer du bout des doigts en s'interdisant de courir se jeter dans ses bras. Elle avait horreur de se donner en spectacle et il y avait du monde dans l'aérogare.

— Tante Talley ! Que fais-tu ici ? J'avais commandé un taxi.

Sa tante lui adressa un chaleureux sourire.

— Je l'ai annulé, ma chérie. Tu sais que tu aurais pu demander à n'importe lequel d'entre nous de venir te chercher à l'aéroport. Pourquoi avoir commandé un taxi ?

— Je ne voulais pas vous déranger.

Sa tante lui prit le bras et l'entraîna vers une série de sièges, un peu à l'écart dans le terminal des arrivées.

— Je pense qu'il est temps que nous ayons une petite conversation, toi et moi.

Maya la dévisagea, étonnée.

— Mais à quel sujet ?

— À propos de cette obsession que tu as de ne surtout pas être un poids pour nous.

Oh… Maya devinait d'où cela venait. Quand elle s'était confiée à ses cousines, au téléphone depuis Florence, elle leur avait répété tout ce que Vito lui avait dit. Visiblement, elles avaient tout raconté à leur mère.

Maya poussa un soupir. Certes, cela l'ennuyait qu'elles n'aient pas su tenir leur langue, mais elle savait que leurs intentions étaient bonnes.

— Tu sais, je n'étais pas dans mon état normal hier. Je n'aurais pas dû dire tout cela à Zelda et à Lexie.

— Mais est-ce que c'est vrai ?

Elle aurait voulu nier, mais les paroles de Vito lui avaient ouvert les yeux. Elle devait reconnaître qu'elle avait orienté ses études en fonction de l'aide qu'elle pourrait ainsi apporter à son oncle, et qu'elle avait accepté de sortir avec Matt parce qu'il était le fils de l'associé de ce dernier.

Sans doute, d'une façon inconsciente, s'était-elle sentie une charge pour cette famille. En conséquence de quoi, elle avait tout fait pour se rendre agréable.

— Je ne sais pas, répondit-elle d'une toute petite voix.

— Oh ! Maya…

Sa tante lui prit gentiment le menton et la força à la regarder bien en face.

— Ma chère petite fille… J'étais loin de m'imaginer que tu avais cette impression. J'aurais dû te dire plus souvent que nous t'aimions comme si tu étais notre fille et que tu avais toute ta place parmi nous. J'ai beaucoup de peine pour toi.

— Non, ne dis pas ça ! Tu n'y es pour rien.

Cette fois, il n'était plus question de retenir ses larmes et Maya tomba dans les bras de sa tante en se moquant bien de ce que pouvaient penser les gens autour d'elles.

Il avait peut-être fallu des années pour que cela ait lieu, mais en cet instant elle se sentait enfin pleinement acceptée.

Et c'était grâce à Vito…

— Commande quelque chose ! Nous en sommes déjà à la deuxième tournée.

Maya sursauta quand Lexie fit claquer sur la table la carte plastifiée des boissons.

Elle savait qu'elle ne trouverait pas ce dont elle avait envie dans ce bar mexicain qui venait d'ouvrir et attirait une clientèle jeune et avant-gardiste.

— Allez ! l'encouragea Lexie. Ça fait deux semaines, Maya Papaya. Essaie de t'amuser !

— Je fais ce que je peux, je t'assure, mentit-elle.

C'était la première soirée entre filles de Lexie depuis la naissance du bébé et elle ne voulait pas gâcher la joie de sa cousine.

— Tu penses toujours à lui, n'est-ce pas ?

Maya hocha la tête.

— Je suis désolée. J'aurais dû rester à la maison.

— Jamais de la vie ! protesta Zelda. Tu es restée suffisamment terrée chez toi depuis ton retour d'Italie, ça suffit ! Nous t'aurions emmenée de force, s'il l'avait fallu.

— J'en déduis que tu n'as pas eu de nouvelles de ton homme ? demanda Lexie.

Maya ne put s'empêcher de trouver cette expression

curieuse. Elle était sortie avec Matt pendant près de deux ans et aucune de ses cousines n'avait jamais parlé de lui comme de « son homme ». En revanche, elles employaient toujours ces mots pour désigner Vito.

— Ce n'est pas mon homme. Et non, je n'ai pas eu de nouvelles.

— Et toi ? demanda Zelda.

— Quoi, moi ?

Zelda leva les yeux au ciel.

— Tu ne l'as pas appelé ? Pourquoi ?

— Parce qu'il a été très clair. Je lui ai ouvert mon cœur, et vous savez ce qu'il m'a dit ?

Ses cousines connaissaient la réponse : elle les abreuvait de sa triste histoire quasi quotidiennement. Mais elles jouèrent le jeu.

— Non. Qu'est-ce qu'il t'a dit ? demanda Lexie.

— Que je devais oublier ce que je pouvais ressentir pour lui.

— Et alors ?

Maya cilla. C'était nouveau, cette question. D'habitude, Lexie et Zelda la laissaient dévider le fil de ses reproches. Apparemment, elles avaient opté pour une nouvelle approche.

— Quoi, et alors ?

— Tu lui as dit que tu n'avais pas du tout envie d'oublier ?

— Non, pourquoi ? Quel aurait été l'intérêt ?

Lexie haussa les épaules et but une gorgée de bière sans alcool.

— Je ne sais pas… Mais tu nous as bien dit qu'il avait peur de prendre des risques, qu'il était coincé dans son passé et que c'était pour ça qu'il ne t'avait pas retenue.

— Et alors ?

— Alors, tu n'as pas l'air d'avoir pris beaucoup de risques toi non plus.

— Vous revenez une fois de plus, mademoiselle ?

La charmante guichetière tendit à Maya le ticket d'entrée qu'elle venait d'acheter.

Elle lui rendit son sourire.

— Que voulez-vous ? J'adore cette exposition.

Depuis deux semaines, elle profitait tous les jours de sa pause déjeuner pour venir au musée des Beaux-Arts de Boston.

Peut-être était-ce stupide de sa part, mais elle avait l'impression d'être plus proche de Vito dans cet endroit. Et peu importait qu'il soit à des milliers de kilomètres et qu'il l'ait sans doute déjà oubliée.

Elle aussi trouverait le moyen de passer à autre chose. Elle y parviendrait tôt ou tard. Il le fallait bien, n'est-ce pas ?

Comme toujours, ses pas la guidèrent vers la galerie où étaient présentés les peintres italiens.

Chaque fois qu'elle contemplait les chefs-d'œuvre exposés, elle remarquait de nouveaux détails ou apprenait quelque chose de plus sur eux.

Et puis, avec un petit effort d'imagination, elle pouvait presque se croire en Italie…

— Je trouve cette nature morte particulièrement saisissante. Pas toi, *cara* ?

Maya tressaillit, mais n'osa pas se retourner.

Son esprit lui jouait des tours. Il n'y avait personne

derrière elle. D'ailleurs, il n'y avait qu'elle dans le musée à cette heure-là.

La voix à l'accent chantant s'éleva à nouveau derrière elle.

— En revanche, je me demande à quoi pensait Ruoppolo en y introduisant cet oiseau mort.

Maya pivota si brusquement qu'elle faillit perdre l'équilibre.

C'était bien Vittorio Rameri. En chair et en os.

Et aussi séduisant que dans son souvenir.

— *Buongiorno, mia vita.*

Il fallut un bon moment à Maya pour retrouver l'usage de la parole.

Tout autour d'elle s'était obscurci. La seule chose qu'elle voyait distinctement, c'était l'homme qui se tenait devant elle.

— Vito ? C'est vraiment toi ?

Il ouvrit les bras et son sourire s'élargit.

— En personne !

— Mais comment… ? Que fais-tu ici ?

— Je suis d'abord passé à ton entreprise de plomberie et j'ai vu ton oncle, qui m'a dit où te trouver.

— D'accord. Mais je voulais dire… Que fais-tu à Boston ?

— Oh ! ça, c'est une longue histoire…

— Tu peux peut-être résumer ?

— Je n'ai pas supporté Venise sans toi, *cara.* Rien ne tournait rond après ton départ. Cette ville que j'aime tant était devenue grise et triste.

Il s'approcha pour venir caresser la joue de Maya. Elle sentit aussitôt sa peau s'enflammer.

— Et puis, il y avait ce tableau que j'avais commencé.

— Ce tableau… ?

— Je voulais absolument le terminer, mais je n'y arrivais pas. Parce qu'il me faisait trop penser à toi.

Il poussa un soupir et sourit.

— Je n'explique pas très bien, n'est-ce pas ?

— Si, si, au contraire ! Continue !

— Écoute… Je vais faire mieux que ça. Je vais te montrer.

Il la prit alors dans ses bras et, quand il la serra contre lui, Maya se demanda si elle n'était pas en train de rêver. Ou de perdre la raison.

Mais quand il s'empara de ses lèvres, toutes ses pensées s'effacèrent et elle s'abandonna au plaisir.

De toute son âme, elle répondit à cette soif dévorante, à cette urgence désespérée qu'elle sentait dans son baiser, goûtant la joie de le retrouver et de savourer pleinement toutes les sensations qu'il suscitait en elle.

Quand leurs lèvres se séparèrent, Vito ne la libéra pas tout de suite. Il garda un bras fermement noué autour de sa taille tandis que, de l'autre main, il repoussait tendrement une mèche de cheveux du visage de Maya, avant de lui murmurer deux mots italiens qu'elle comprit sans avoir besoin de traducteur :

— *Ti amo.*

— Oh ! moi aussi, je t'aime ! chuchota-t-elle en retour.

Épilogue

— Je ne suis pas sûre que ce soit une bonne idée, Vito. La dernière fois que j'ai essayé de monter dans l'un de ces trucs, ça ne s'est pas très bien passé.

Encore que, sans cela, elle ne l'aurait jamais rencontré.

Maya n'était cependant pas certaine qu'une balade en gondole fût la meilleure façon de célébrer le premier anniversaire de leur rencontre.

Vito essayait de se montrer romantique, mais tout ce qui la préoccupait, elle, c'était de ne pas rejouer la scène où elle était tombée dans le canal.

— Mais là, c'est différent, *cara* : je suis à côté de toi. Et je ne te laisserai pas tomber à l'eau.

Il avait raison, mais ce n'était pas la seule différence.

— Et en plus, cette fois, je suis sobre ! ajouta-t-elle dans un éclat de rire.

Vito monta à bord le premier, puis la souleva et la déposa dans l'embarcation.

— Tu vois ? Ça s'est bien passé.

— Tu m'en vois soulagée.

Elle s'assit sur le siège capitonné à côté de Vito et le laissa l'attirer dans ses bras.

Le gondolier mit la gondole en branle et la lente

promenade commença sur les multiples canaux de Venise.

— Au fait, pourquoi est-ce si important que nous fassions cela aujourd'hui ?

— Il faut que tu t'habitues à te déplacer en gondole si tu veux vivre à mi-temps à Venise.

— D'accord ! En fait, c'est un juste retour des choses. Après tout, tu as dû t'habituer aux embouteillages de Boston, toi.

— Avoue que ce n'est pas tout à fait pareil…

Maya se blottit plus étroitement contre lui tandis qu'ils rejoignaient les eaux jouxtant Saint-Marc et le *palazzo*.

Le soleil couchant illuminait le ciel de ses derniers rayons d'or et le zébrait de longues traînées pourpres.

La silhouette reconnaissable entre toutes du pont des Soupirs se dessina tout à coup devant eux.

— Tu te souviens de la légende dont je t'ai parlé quand nous nous sommes rencontrés ? interrogea Vito.

— Bien sûr que je m'en souviens. Elle dit que, si un couple s'embrasse sous le pont au coucher du soleil et que les cloches de la basilique Saint-Marc se mettent à sonner, un amour éternel leur sera accordé.

— Très romantique, tu ne trouves pas ?

— Oui, très… Je me rappelle aussi avoir dit que cela faisait beaucoup d'éléments à regrouper et que c'était statistiquement impossible. Après tout, la gondole ne reste qu'une ou deux secondes sous le pont.

Vito soupira.

— Je suppose que tu as raison.

Il paraissait déçu et Maya ne put s'empêcher de rire.

— Cela ne veut pas dire que nous ne devons pas essayer, ajouta-t-elle.

Mais de toute façon, elle n'avait pas besoin de prétexte pour embrasser cet homme merveilleux qui avait conquis son cœur.

— Bien sûr que nous devons le faire ! Comme cela, nous pourrons créer notre propre légende.

Maya se redressa un peu dans ses bras pour voir son expression. Son sourire malicieux et l'intonation de sa voix lui disaient qu'il mijotait quelque chose.

— Qu'as-tu en tête, au juste ?

Il plongea la main dans sa poche et, au grand ravissement de Maya, en sortit un petit écrin de velours.

Elle retint son souffle tandis qu'il en soulevait le couvercle, révélant un diamant qui étincelait de mille feux, monté sur un anneau de platine.

— Oh ! Vito... Elle est magnifique !

— *Amore mio*, commença-t-il, me ferais-tu l'immense bonheur de devenir ma femme ?

Elle sentit des larmes lui brûler les yeux au moment où il glissait la bague à son annulaire. Puis il lui retourna la main et déposa un baiser au creux de sa paume.

— Oui, articula-t-elle d'une toute petite voix.

Il lui était impossible d'en dire davantage tant l'émotion la submergeait.

Le gondolier exprima son approbation par un sifflement enthousiaste.

Vito souleva le menton de Maya, approcha son visage du sien et prit possession de ses lèvres pour un long baiser passionné. Elle sentit un incendie s'allumer dans tout son corps.

Au même instant, les cloches de la basilique Saint-Marc déchirèrent le silence de la nuit vénitienne, tandis que le pont des Soupirs passait au-dessus de leurs têtes.

Retrouvez prochainement,
dans votre collection

Harmony

Un miracle tant espéré, de Helen Lacey - N°4

Un miracle : il n'y a pas d'autre mot pour décrire la grossesse de Tess, après toutes ces années de tentatives infructueuses. Seulement voilà, il a fallu que cet immense bonheur lui arrive *après* son divorce. Alors qu'elle est de retour au ranch pour révéler à Mitch Culhane, son ex-mari, qu'il sera bientôt père, Tess sent son cœur se serrer. C'est avec cet homme qu'elle a conçu un enfant, et c'est avec lui seul qu'elle désire l'élever. Mais tous deux seront-ils capables de surmonter leurs différends pour fonder enfin une famille ?

Retrouvailles en Méditerranée, de Jennifer Faye - N°5

Stasia n'avait aucune envie d'embarquer sur un bateau de croisière. Quant à Roberto, l'idée même de prendre des vacances lui était insupportable. Leurs retrouvailles fortuites à bord, pourtant, donnent un tour inattendu à ce voyage sur les eaux méditerranéennes. Alors qu'ils sont amis de longue date, Stasia et Roberto ont l'impression de se découvrir pour la première fois. Au point d'avoir soudain envie d'explorer cette attirance jusque-là inavouable…

La mémoire du cœur, d'Ellie Darkins - N°6

Elle a oublié l'homme de sa vie. Frappée d'amnésie il y a sept ans, Meena espère se rappeler les quelques mois durant lesquels elle est tombée follement amoureuse, sur l'île du Bijou. En vain. Or depuis sa rencontre avec Guy Williams, de passage sur ces lieux enchanteurs, elle est envahie de sensations troublantes. Dès qu'elle est au contact de l'homme d'affaires, son cœur s'emballe, son corps s'éveille… Se pourrait-il qu'il soit celui qu'elle recherche depuis si longtemps ?

Composé et édité par HarperCollins France.

Achevé d'imprimer en mai 2020.

CPI
BLACK PRINT

Barcelone

Dépôt légal : juin 2020.

FSC
www.fsc.org
MIXTE
Papier issu de sources responsables
FSC® C108412

Pour limiter l'empreinte environnementale de ses livres, HarperCollins France s'engage à n'utiliser que du papier fabriqué à partir de bois provenant de forêts gérées durablement et de manière responsable.

Imprimé en Espagne.